Hrsg. Sina Blackwood

EIN
GENIALES
FRÜCHTCHEN

Bibliografische Informationen der Deutschen Nationalbibliothek:
Die Deutsche Nationalbibliothek verzeichnet diese Publikation in der Deutschen Nationalbibliografie; detaillierte bibliografische Daten sind im Internet über https://dnb.de abrufbar.

© 1. Auflage September 2021
Herausgeberin Sina Blackwood

Coverbild: Sina Blackwood
Umschlaggestaltung: Sina Blackwood
Layout: Sina Blackwood

Herstellung und Verlag:
BoD – Books on Demand, Norderstedt
ISBN: 9783754329542

ဢ * ဢ * ဢ * ဢ * ၢ * ၢ * ၢ * ၢ

Ein geniales Früchtchen

ဢ * ဢ * ဢ * ဢ * ၢ * ၢ * ၢ * ၢ

Inhaltsverzeichnis

Vorwort

Liebe Leserinnen und Leser,

diese Anthologie der Geschichtenzauber-Edition ist etwas anders, denn hier melden sich nicht nur professionelle Schreiber zu Wort. Alle, die zum Thema Apfel beitragen wollten, waren aufgerufen und viele haben mit Herzblut ihre Erfahrungen und Sehnsüchte zu Papier gebracht. Manchmal sind die Gedichte und Geschichten nicht mit spitzer Feder künstlerisch formvollendet, dafür aber so aufgeschrieben, wie uns Sachsen ‚die Gusche' gewachsen ist.

Äpfel haben schon immer die Fantasie beflügelt. Ob gemalt, in Marmor gehauen oder besungen – sie tauchen millionenfach in ausdrucksstarken Werken auf. Das Thema wird aufgegriffen, variiert, ausgeschmückt und so ist es kein Wunder, dass auch in diesem Büchlein viele vom gleichen Ansatz ausgehen. Interessant ist aber, welche Gedankengänge sich entwickeln. Und so werden Sie, nach Anfänglichem, das habe ich doch gerade schon mal gelesen, erstaunt sein, wie die jeweilige Geschichte endet.

Viel Spaß beim Schmökern!

Ein Hoch auf den Apfel! Denn er ist einfach ein geniales Früchtchen.

Ihre Sina Blackwood

Sina Blackwood

So ein Früchtchen!

Warum fallen mir beim Thema ‚Apfel' zuerst negative Zusammenhänge ein? Das liegt an der wissenschaftlichen Bezeichnung Malus, die zu Wortspielereien verleitet, wonach der Apfel eine schlimme Sache sein könnte. Und schwupp! Schon bin ich bei Malefiz, der bösen Fee bei Dornröschen. Wobei die nur böse ist, aber nichts mit Äpfeln am Hut hat. Oder haben soll. Vielleicht ist es ja auch nur nicht überliefert? Die garstige Stiefmutter von Schneewittchen ist keinen Deut besser. Die ist böse und funktioniert einen Apfel mittels Gift zur Mordwaffe um. Wodurch dieser unfreiwillig ein durch und durch böser Apfel wird. Ein vermaledeiter Malus sozusagen. Da kann er noch so verlockend rote Bäckchen haben.

Angefangen hat das ganze Übel ja schon im Paradies. Adam und Eva hätten lieber die Schlange essen sollen, statt der verbotenen Frucht. Es wäre mehr dran gewesen für zwei Personen und der Spätschaden für nachfolgende Generationen geringer ausgefallen. Statt zu Malus hätten sie auch lieber zu Datura, also Stechapfel, greifen sollen. Dann wäre uns nämlich der ganze Erdenärger erspart geblieben, weil es uns gar nicht gäbe. Ein interessanter, und auch der erste angenehme, Gedanke. Leider sieht die stachelige hochgiftige Frucht der Datura weder wie ein Apfel aus, noch irgendwie verlockend. Ach, es ist ein Jammer!

Warum eigentlich ‚verbotene Frucht'? Weil es die Frucht vom Baum der Erkenntnis ist? Eher unwahrscheinlich. Zu wirklich sinnvollen Erkenntnissen sind die beiden ja nun wirklich nicht gekommen. Hätte es tatsächlich ‚klick' gemacht, wären sie spornstreichs ausgebüxt und hätten sich, ohne die bösen Wünsche, die ihnen mitgegeben wurden, auf der riesengroßen Erde versteckt. Aber bei genauem Hinsehen auch nicht wirklich brauchbar, weil zu dem Zeitpunkt garantiert noch die Dinosaurier durch die Gegend zogen. Und wenn du plötzlich einem T-Rex gegenüber stehst, ist auch Schluss mit lustig. Erstaunlich, wohin Gedankenspiele führen!

Gut, dann testen wir die nächste Variante: Adam und Eva sind also auf die Erde verbannt worden, wo sie nun in Größenordnungen Äpfel essen konnten, die jede Vorstellungskraft sprengen. Das half ihnen aber auch nicht weiter, eben weil man dadurch keine wirklich umwerfenden

Erkenntnisse erlangt. Bestenfalls jene, welche die Briten so beschreiben: An appel a day keeps the doctor away. Ein Apfel am Tag hält den Doktor fern. Dazu muss man ihn aber nicht mal essen. Ein gezielter Wurf mit einer ausreichend großen und harten Frucht reicht. Kann natürlich sein, dass der Doktor dann nie wieder kommt, weil er nahtlos ins Paradies einzieht und sich nun gut vorstellen kann, was der Grund für das Apfel-Verbot ist. Er hat es ja am eigenen Leibe erfahren. Äpfel sind Waffen.

Das hat auch ein Buntspecht herausfinden müssen, der regelmäßig die alten Bäume in unserem Hinterhof nach Insektenlarven abklopft. Nein! Nicht, was ihr denkt! Menschen sind völlig unschuldig, wenn man davon absieht, dass sie die Bäume irgendwann dahin gepflanzt haben. Eines schönen Tages im Oktober, er hatte sich gerade in die ideale Position gebracht und hämmerte fröhlich drauflos, als etwas direkt am Stamm hinab sauste. Es drosch den armen Specht hart zu Boden, worauf er eine Weile reglos mit ausgebreiteten Flügeln liegenblieb. So ganz konnte ich mir ein leichtes Grinsen, trotz der Sorge um das Tier, nicht verkneifen, denn der arme Kerl hatte sich durch sein Gehämmer buchstäblich selbst abgeschossen, indem er einen reifen Apfel zufällig direkt auf die Birne bekam. Er hat es überlebt, da so ein Spechtkopf bestens für harte Schläge ausgerüstet ist. Er kommt auch immer noch zu uns, wobei er den besagten Apfelbaum seitdem auf eine Weise meidet, wie sonst nur der Teufel das Weihwasser. Womit wir wieder einen Bösen ins Spiel gebracht hätten.

Der nächste Apfel, der nichts Gutes hervorbrachte, ist jener, den die Zwietracht mit den Worten versah ‚der Schönsten', ehe sie ihn als Zankapfel unter die Götter des Olymps warf, worauf sich Aphrodite, Athene und Hera um diesen rangelten. Dass sich Aphrodite, die Göttin der Liebe, sofort angesprochen fühlte, und sie die Frucht um jeden Preis haben wollte, ist nachvollziehbar. Auch bei Menschen arbeitet in besonders hübschen Köpfchen selten ein wirklich pfiffiges Gehirn. Athene wiederum gilt als Göttin der Weisheit. Welcher Teufel hat sie geritten, ausgerechnet in dem Augenblick das Gehirn abzuschalten? Weil es auf einer Feier passierte, könnte sie einen über den Durst getrunken haben, denn weise war es bestimmt nicht, hier Ansprüche geltend zu machen. Innere Schönheit bemerkt nicht jeder. Bei Hera wundert es mich nicht, die ist für ständiges Stänkern und schräge Aktionen bekannt. Herakles kann ganze Arien davon singen. Hera hätte den Apfel auch bei einem Aussehen wie Medusa haben wollen.

Und dann beauftragen sie ausgerechnet einen jungen Mann, das Urteil zu fällen, wer die Schönste ist! Da findet das Denken doch auch reichlich oft nicht im Kopf statt! Fakt ist: Dem Kerl ist genau das auch passiert und der Apfel wurde zum Grund für den Trojanischen Krieg. Zuerst, indem Paris die Frucht Aphrodite zusprach. Und dann, indem er Helena entführte. Mit ein bisschen Grips hätte ihm klar sein müssen, dass der Gatte zu den Waffen greift. Und ganz bestimmt zu härteren, als Äpfeln, um damit zu werfen.

Weil wir gerade bei Herakles waren ... Wegen einer Handvoll Äpfel musste er die übelsten Abenteuer bestehen und wurde sogar zum Lügner. (Okay, okay, sie waren golden und konnten Unsterblichkeit verleihen.) Erst lässt er den Riesen Atlas die ganze Drecksarbeit machen, also Ladon, den Wächterdrachen, töten und die Äpfel pflücken. Dann verarscht er ihn auch noch, damit der das Himmelsgewölbe wieder von seinen, Herakles', Schultern nimmt, das er ihm für diese Zeit aufgebürdet hatte. Atlas haben die Äpfel jedenfalls nichts Gutes gebracht, Herakles wenigstens geholfen, seine elfte Aufgabe zu erfüllen.

Der Einzige, der wegen genau dieser Äpfel, richtig profitierte, war Prometheus. Den hatte Herakles auf seiner Suche nach den Bäumen der Hesperiden im Kaukasus von einem Felsen befreit, an den er gekettet worden war. Was wird nun wohl der Adler fressen, der sich bis dahin Tag für Tag an Prometheus' Leber labte? Äpfel?

Vielleicht ja Bratäpfel, weil Prometheus das Feuer zu den Menschen gebracht hatte, weshalb er zur Strafe, im Auftrag von Zeus, an den Felsen geschmiedet worden war.

Ja, so ein richtiger Bratapfel, gefüllt mit Rumrosinen und Honig hat was. Auch ohne Rum schmeckt er fantastisch, wenn Nelken und Zimt das richtige Aroma geben. Ob in der Backröhre oder im Stövchen, sogar der Duft ist köstlich.

Jetzt haben wir auch endlich die richtig guten Eigenschaften des Apfels gefunden!

Apfelkuchen, Apfelplätzchen, getrocknete Apfelringe, Apfelmus ... ach ich kriege mich gerade gar nicht wieder ein. Eine leckere Frucht, die man in unzähligen Varianten verspeisen oder haltbar machen kann. Apfelsaft, Obstbrand, Apfelwein ... ich merke schon, dass die Begeisterung noch steigerungsfähig ist. Kandiert oder mit Schokolade überzogen, der Renner auf jedem Weihnachtsmarkt. Gut gelagert eben auch noch im Winter verfügbar. Abgesehen vom übrigen Obst der neumodischen Zeit, wo es jede Frucht zu jeder Zeit gibt, und sich kaum noch einer Gedanken darüber macht, dass das eigentlich unnatürlich, weil nicht regional ist. Umso erstaunlicher, dass viele Käufer wieder genau nachschauen, was auf den Verpackungen oder Schildern steht. Wozu muss man auch eine überteuerte Marke kaufen, wo das Geld nie wirklich bei den Obstbauern ankommt. Wer die Autobahn nach Italien kennt, weiß, wovon ich rede. Eine Marke ist übrigens auch keine Sorte. Und wie bei Klamotten bezahlt man für den Markennamen kräftig drauf.

Bleiben wir lieber bei angenehmen Gedanken und in der Region. Wir Sachsen sind drittgrößter Apfelproduzent in Deutschland und haben fast 90 Sorten im Programm. In heimischen Obstgärten wachsen noch viel mehr Arten und darunter sind zum Teil echte Raritäten. Pomologen finden immer wieder ungeahnte Schätze, die seit Jahrzehnten als verschollen galten. Es gibt Apfeltage, den Apfel des Jahres, Sonderausstellungen zum Thema ‚Apfel', Streuobstwiesen. Warum also in die Ferne schweifen?

Wir Sachsen veräppeln auch gern mal andere. Wobei sich hier die Gelehrten noch über den Ursprung streiten. Womöglich kommt es ja wirklich daher, weil man einst Leute mit faulen Äpfeln bewarf. Egal. Für uns bedeutet es, andere zu veralbern.

Kein Scherz ist, wie wundervoll ein Apfelbaum in voller Blüte aussieht. Gartenbesitzer wissen, wie filigran und fast porzellanartig die Blütenblätter ganz aus der Nähe anmuten. Mitunter ist ein Hauch rosa mit im Spiel, das die meist weiße Blüte noch zerbrechlicher wirken lässt. Dabei halten sie ganz schön was aus! Bienen fliegen im Akkord, um Pollen zu sammeln und so die

Gewächse zu bestäuben, auf dass es eine reiche Ernte gebe. Dicke Hummeln lassen sich nieder, um geschäftig den Bienen nachzueifern. Wobei eigentlich Hummeln am Morgen die ersten Gäste sind. Sie sind in der Lage, sich selbsttätig aufzuwärmen und schon zu fliegen, wenn es für die Bienen noch viel zu kalt ist. Auch pollenfressende Käfer finden sich ein. Der Tisch ist reich gedeckt. Fünf Prozent bestäubter Blüten, so heißt es, reichen beim Apfelbaum für eine Vollernte.

Bei mehr würde er vermutlich auch unter der Last seiner eigenen Früchte zusammenbrechen. Nicht selten werden in Gärten die Äste gestützt, damit sie nicht brechen. Für Plantagen nicht tauglich, und so werden dort die Bäume auch regelmäßig geschnitten, um vollen Ertrag und effiziente Arbeit bei der Ernte zu haben. Dank dem Besprühen der Blüten mit Wasser bei plötzlichen Minustemperaturen, um Frostschäden zu minimieren, ist auch immer regionaler Nachschub in den Läden gewährleistet.

Ein dreifaches Hoch auf den Apfel, der seit Adams Zeiten nicht mehr aus unserem Leben wegzudenken ist!

Ralf P. Krämer

Äpfel

War's der Adam, der den Apfel pflückte,
nach dem sich dann die Eva bückte?

Oder warf die Schlange ihn hinab,
auf der Menschheit erstes Grab?

War's mit dem Paradies jetzt gar vorbei?
Nein, Äpfel gab's – kein Einerlei.

Als Kompott und Apfelmus,
für immer ein besonderer Genuss.

Auch roh schmecken Äpfel wunderbar,
selbst Kerne sind keine groß' Gefahr,

wenn man sie schluckt und gar nicht kaut,
behalten sie problemlos ihre gift'ge Haut.

Matthias Albrecht

Der Apfel fällt nicht weit vom Pferd

Ich wurde schon als Kind belehrt:
Der Apfel fällt nicht weit vom Pferd!
Heißt, dass der Eltern Eigenheiten
Den Sprösslingen erhalten bleiben.

Doch auch als Obst ist er nicht ohne.
Viel besser noch als die Zitrone.
Wird täglich man 'nen Apfel essen,
Kann man den Weg zum Arzt vergessen.

So lautet eine Volksweisheit,
Doch sollte man zu keiner Zeit
Den Spruch für bare Münze nehmen –
Er ist kein Allheilmittel eben!

Nichtsdestotrotz sind Äpfel cool
Und sorgen für 'nen weichen Stuhl.
Zumindest ist das sehr wahrscheinlich.
Für mich ist wichtig nur: Es reimt sich!

Der Apfel wird schon lang verehrt.
Jeder Berufsstand schätzt ihn wert.
Kein Bäcker kommt ohne ihn aus;
Macht Kuchen, Taschen, Strudel draus.

Auch die Getränkeindustrie
Verzichtet auf die Äpfel nie.
Bereitet Saft und Schorle zu
Und Cidre als besond'ren Clou.

Der „Blaue Bock" mit Äppelwoi,
Der blieb uns drei Jahrzehnte treu.
Die Bembel warn der große Hit;
Ein jeder Gast nahm einen mit.

Was man mit Äpfeln so vergleicht,
Bleibt linguistisch unerreicht:
Auf Erdäpfel ist man versessen.
Den Reichsapfel kann man nicht essen.

Den Adamsapfel hat der Mann,
Dass man den Sündenfall seh'n kann.
Der Apfelschimmel ist ein Pferd,
Beim Zankapfel geht 's um den Wert.

Den Augapfel man schützen muss,
Sonst hat als Blinder man Verdruss.
Und 'ne OP kriegt man dabei
Auch nicht für 'n Appel und 'n Ei.

Kienäpfel sind der Kiefer Zier.
Vorm Stechapfel, da graut es mir.
Der hat mehr Gift als hundert Bienen.
Da nasch ich lieber Apfelsinen!

Granatäpfel gebt den Soldaten!
Die können damit keinem schaden.
Und schon wär 's mit dem Krieg ganz lässig
Der allerschönste Apfelessig.

Nun Schluss mit dieser Äppelei,
Sonst bin ich morgen noch dabei
Und müsste tausend Seiten füllen –
Ich lass es sein. Um Ihretwillen …

Hannelore Crostewitz

Sachsenobst geht mit der Zeit

„Hallo, seid gegrüßt Leute, ihr könnt euch gratulieren, zu euch kommt heute ein Star! Bestimmt habt ihr von mir schon gehört, ich bin der Elstar und wer seid ihr?" Der feste, rotbackige Apfel saß obenauf in der Kiste, die gerade hereingefahren wurde. Er blickte seine Nachbarn rechts und links an. Und wartete ab. Prompt tönte es aus der rechten Stiege: „Ein Hallo zurück. Ich heiße Shampion. Bin ebenfalls so saftig wie du, um das Kerngehäuse rum allerdings etwas säuerlicher. Hat eben jeder 'ne andre Marotte, Hauptsache ist, das eigene Wesen bleibt speziell. Mich kannst du übrigens in Sachen Genetik und Verwandtschaft so gut wie alles fragen, da weiß ich Bescheid. Mehr und besser noch als der Klarapfel. Und wenn ich mich recht besinne, haben wir zwei – Shampion und Elstar – in der Sachsenobst-Apfelliga schon lange die Nase vorn. Ums mal einheimisch zu saachen: Mir ham die sächsischen Führungsposi-tionen hier inne, ne wahr? Nur gebe ich nicht ganz so an wie du. Die um uns 'rum wissen auch alle um ihre Qualität und wer verträgt schon dicke Luft. Also Vorsicht Bruder, sonst bist du schneller Apfelmus, als es dir recht ist. Nur

Toleranz schafft Glanz, verstehste?" An sich wollte Elstar am liebsten dumm tun, weil der überreife Shampion kurz ein Apfelessig-Gesicht aufgelegt hatte, jetzt aber zwinkerte der ihm wieder zu. Und so lenkte er ein.

„War nicht so gemeint. Also: was für eine Fangemeinde liegt hier noch so rum?" Elstar rappelte sich höher auf und blickte über die anderen Kisten hinweg. Auf einmal zirpte es:

„Ich bin Fräulein von und zu Granny Smith. Ich grüße dich auch. Ich komme von Übersee und bin von der knackig grünen Sorte. Ganz alter Adel ohne Fleck und Makel. Viel saurer noch als der Shampion, aber ein Geheimtipp für den Apfelstrudel! Und Sorte 1a, von der man weiß, was man hat. Ich setze übrigens ziemlich regelmäßig nach Deutschland über. Es ist ein fabelhaftes Land, in dem mein Stammbaum und das säuerliche Geblüt eine kolossale Aufwertung erfahren haben. Ich kann durchaus als Beispiel für gute Integration gelten. Was wohl weder für People noch für Apple of Color einfach ist."

„Nun mach mal nicht so auf vornehme Tussi", rückte ein anderer Apfel, der groß, dick und graubraun aussah, das Gespräch zurecht. „Jeder hat seine Spezialstrecke. Ich, der Boskop, bin als ganz alter Urtyp sozusagen das Urgestein unter den Äpfeln. Es gab Zeiten, da wurde ich mächtig geschätzt und nur ‚Der Schöne aus Boskoop‘ genannt und keiner hat Mühe gescheut, mich hinten mit zwei ‚o‘ zu schreiben! Weiß wer warum? Niemand? Dann möchte ich lösen: Weil keiner aus dem Staunen mehr rauskam, wenn er mich Riesen in der Hand hielt. Ja, das schreibt euch ruhig hinter die Ohren. Doch Hand auf den Apfelkern: Was will ich denn mit so ’nem langen Namen? Eh den einer ausgesprochen hat, bin ich bald Trockenobst. Auch gibt’s welche, die ‚schön sein‘ mit ‚schön dumm sein‘ gleichsetzen, also verzichte ich auch auf ‚der Schöne‘. Nö, nö, heute muss man mit der Zeit gehen. Ein modernes Obst wie ich bietet: ‚ne Mega-Größe, ein Säurequantum, das lustig macht, raue Schale, festes Fleisch, toller Kern. Aus die Maus.“

„Mann, seid ihr hier alle gewieft.“ Elstar glühte richtig rot, so war er beeindruckt. „Und wie steht‘s mit den Damen hier? Sind die kernig? Gibt’s bei auch euch Naturkinder von den Streuobstwiesen? Eigentlich suche ich ja eine ganz bestimmte." Und er machte eine Pause, holte tief Luft. „Zuletzt hatten wir uns im Großhandel getroffen. Unter den Angestellten dort gibt's vielleicht Pfeifen, sage ich euch. Ja, das muss ein Neuling gewesen sein, mit dem wir es zu tun hatten, da hatte einer nullkommanull Ahnung von uns Apfelsorten. Was wiederum unser Glück war und so lagen wir zwei volle Tage nebeneinander! Mann, war das schön schalig mit uns. Und was war sie für einen Süße! Reizend, reizend. Ich musste mich sehr beherrschen, hätte mich am liebsten gleich in sie verbissen. Und wie sie duftete! Das muss was Sächsisches gewesen sein … Oder nehmen Apfelmädchen Chanel Nr.5? Egal, ob ihr es glaubt oder nicht, der Duft war betörender, als das jemals in der schönsten Blütezeit sein kann. Der Duft überlagerte alles."

„Ach, verliebt bist du", erkannte Shampion. „Na, dann darf ich dir vielleicht unsere Damen vorn links mal vorstellen: Die Freundinnen da haben immer eine Menge zu schwatzen und zu kichern und kriegen uns Männer hier selten richtig mit. Sie nennen sich Pinklady und Gala. Schau, ist das nicht jeweils ein Bild von einem

Apfel? Und nett sind sie obendrein. Hatten eben eine gute Kinderstube. Soviel ich weiß, war die Pinklady einst als Model tätig und ist die Karriereleiter hoch aufgestiegen. Na, ja und Miss Gala wird immer noch gern für Feste und Ausstellungen gebucht. Da fällt die Wahl schwer. Ich selbst könnte gar nicht sagen, wen ich lieber hätte. Sie sind beide so optimal rund, voller Ästhetik und ausnehmend gut zu genießen. Das hast du ja in dieser Kombi nicht allzu oft."

„Was du nicht sagst. Ja, sie sind zwar gut zu riechen, aber ihr Duft ist es nicht, dieser Duft hier macht mich nicht an. Nein, meine kleine Schöne habt ihr da vorne nicht dabei." Oh, was war das? Plötzlich wurde Elstar feucht, er weinte, was das Zeug hielt. Kein Apfel wollte es glauben. Der große Elstar, der viel Gesuchte, den die Deutschen von allen Apfelsorten am liebsten essen und der bei Beschwerden insgeheim als Gelenkwunder gilt, den überkam es so sehr, dass die Stiege bald aussah, als hätte sie im Regen gestanden. Das ging ja nun gar nicht. „Eine kleine Schöne, sagst du?" Shampion ließ seine Gedanken kreisen, darin war er versiert. Und dann fiel ihm ein: „Vielleicht ist es ja Miss Cox Orange?"

„Hierher, liebe Freunde, hier bin ich!", kam es aus einer halbvollen Kiste. Das Stimmchen vibrierte vor lauter Aufregung. Was alle mucksmäuschenstill werden ließ. „Wer mich kennt, ist richtig glücklich, denn ich tauche selten auf, bin schon eine Rarität. Und freue mich, wenn mich einer gezielt sucht", zirpte es stolz von hinten. Die Miss nämlich meinte, dass sie gut für sich selbst sprechen könne. „Ich bin eine kleine, höchst Feine und von der Herkunft her very British. Ich bin saftig, lieblich, lecker. Und will so bleiben, wie ich bin. Unter uns gesagt, aus den 2000 Sorten, die es in Deutschland gibt, bin ich schon so oft ausgezeichnet worden, dass ich gar nicht mehr mitzähle. Soll ich euch mal ein Geheimnis verraten? Ich bin ausgezeichnet mit dem Titel ,am besten schmeckende Apfelsorte'. Mit diesem Loblied summe ich mich immer in den Schlaf. Das lasse ich mir nicht mehr nehmen. Genauso wenig wie meine orangene Farbe."

Elstar hatte gut zugehört und sich inzwischen auch wieder gefangen. „Ja, das ist toll", sagte er nun. „Prima für uns alle, dich in unserem Team zu haben. Aber sei mir nicht böse, du bist trotzdem nicht die, die ich suche, obwohl es von der Größe her fast hinkäme. Nur war der Duft etwas anders, irgendwie blumiger oder aromatischer oder balsamischer oder was weiß ich denn … "

„Warte ein bisschen ab. Warte auf die Neuen. Kommt morgen der Nachschub, vielleicht ist dann da dein Äpfelchen ja mit dabei." Shampion wusste nicht, ob er gut im Trösten war, versuchte es aber. Doch weder am nächsten Tag noch am übernächsten geschah das Erhoffte. Elstar, der kein Zankapfel sein wollte, lag die ganzen Tage mit einem sauren Gesicht herum. Das jammerte jeden. Besonders den Hasenkopf, einen großen kegelförmig und sehr gleichmäßig gebauten Apfel. Ursprünglich kam er aus Norddeutschland, aber Sachsen gefiel ihm auch. Und was so ein echter Prinzenapfel wie er ist, der besitzt auch ein gutes Gespür für sein Gefolge. „Hallo, Elstar", fing der Hasenkopf darum vorsichtig an, „vielleicht kann ich dir ja in meiner Funktion als Gewerkschaftsvertreter helfen. Weißt du, wir planen gerade unser

Netzwerk breiter und besser auszubauen, so dass keiner mehr durchfällt. Wenn du mir beschreibst, wie deine Kleine aussieht, kann ich sie möglicherweise finden. Vielleicht hält sie ja der Apple-Computer irgendwo auf einer Cloud, auf einer Wolke, fest."

„Sie riecht jedenfalls nicht nach Ananas wie du", antwortete Elstar wie im Trance. Wollte ihn der Hasenkopf veräppeln? Oder war das ein neuer Impuls? Eine Suchaktion sollte es geben. Jetzt war Elster auf der Stelle wach. „Ich bin mit am Start. Sie ist einfach zu goldig, wenn du weißt, was ich meine, sie schnipst gern mit dem Finger und macht immer ‚oh lá lá!'."

„Na, wenn das so ist", murmelte Hasenkopf in seine in Falten gezogene Schnute. „Wenn das so ist, dann ist sie bestimmt aus Frankreich."

„Hasenkopf, du bist ein kluger Kopf." Elstar sah plötzlich wieder, dass es möglich sein könnte, die Kleine – oder war sie doch mittelgroß? – zu finden. Und er kam ins Schwärmen. „Sie ist mein Augapfel. Und sie ist die Königin der Äpfel, das hat sie mir erzählt und ach, sie sah toll aus. In gold und gelb und rot, sie konnte sich prächtig herausschälen …

weil …, weil ihre Schale so mit Streifen durchzogen ist. Das muss bei denen wohl die allerneuste Mode sein. Warum fällt mir bloß der Name nicht ein? Ist es, weil wir schon ein bisschen am Apfelkorn genippt hatten? Es war irgendwas mit Gold…, Goldlöckchen oder Goldtröpfchen oder Goldköpfchen." „Goldparmäne", gab Hasenkopf bekannt. „Sie heißt Goldparmäne. Schau, ich habe sie hier im Apple-Computer gefunden." Elstar war paff. „Was für ein glänzendes Foto von ihr und diese Apfelbäckchen! Komm, Hasenkopf, mach, dass du sie herholst! Wenn du das hinkriegst, gibt das 'ne Party für alle! Versprochen."

„Vergiss bloß die Apfelringe nicht", säuselte Fräulein Granny Smith.

„Vielleicht schenkst du ihr auch 'ne schnucklige Apfeltasche", meinte der vielfarbige Boskop, der immer praktisch dachte. „Hol sie her, hol sie her", drängte Elstar den Hasenkopf wieder. Der musste lachen. „Ein alter Gewerkschafter wie ich ist doch geübt im Organisieren. Hier schau: Nur noch ein Click – und morgen ist sie da!"

Dr. Peter Zech

Ein Phytopathologe ist ein Apfelarzt

Wer Medizin studiert, hat es nicht leicht im Leben. Das Studium ist lang und schwer. Und hat man es schließlich erfolgreich abgeschlossen, folgt eine langjährige Weiterbildung. Vor allem muss man zuallererst eines genau wissen: was für eine Art von Arzt man werden möchte. Denn es gibt nicht nur Ärzte für Menschen, sondern auch für Tiere und, so seltsam es auf den ersten Blick klingen mag, auch Ärzte für Pflanzen. Die Letzteren tragen den klangvollen lateinischen Namen Phytopathologe. Ein Phytopathologe befasst sich mit Krankheiten und Schädlingen jeglicher Art, die Pflanzen befallen können, angefangen von Viren, Bakterien und Pilzen bis hin zu Läusen, Käfern und Würmern. Und wie jeder Arzt muss sich auch ein Phytopathologe angesichts des riesigen Umfanges seines Fachgebietes spezialisieren.

Mein Vater war so ein Phytopathologe. Mit seiner Doktorarbeit befasste er sich Anfang der fünfziger Jahre mit einem üblen Schädling, der alljährlich in großer Zahl die Apfelbäume befällt. Dieser Bösewicht trägt den lateinischen Namen Carpocapsa pomonella oder zu gut deutsch: Apfelwickler. Carpocapsa pomonella ist ein etwa ein Zentimeter großer Schmetterling von grauer Farbe mit hellgrauen Streifen und einem kupferfarbenen Fleck am oberen Ende der Flügel. Die Raupen des Übeltäters ernähren sich sowohl vom Fruchtfleisch der Äpfel als auch von seinen Samen im Inneren. Nicht alle Äpfel eines Baumes werden von ihm befallen. Ist es ihm gelungen, seine Eier an einem Apfel abzulegen, gräbt die Raupe später tiefe Gänge in den Apfel bis zu den Kernen und lugt manchmal ganz frech heraus, was dem armen Apfel gar nicht gefällt. Aber was soll er schon dagegen tun? Nun muss er sich in die kundigen Hände eines ‚Apfelarztes' begeben. Mein Vater war so ein ‚Apfelarzt'. Um aber einer zu werden, musste er, wie jeder Arzt, erst mal eine wissenschaftliche Arbeit auf diesem Gebiet leisten. Er befasste sich mit dem Flugverhalten des Schädlings. Dazu wurden Lichtfallen aufgestellt, die mit ihrem grellen Licht die Schmetterlinge anzogen, die dann in Wasserschalen fielen und gezählt werden konnten. Auf diese Art und Weise konnte der Lebenszyklus des Schädlings untersucht werden, um ihn wirksamer bekämpfen zu können. Zur Bekämpfung des

Apfelwicklers haben sich im Laufe der Zeit viele Methoden entwickelt, von Pflanzenschutzmitteln bis hin zum Einsatz von Ohrwürmern, Wanzen oder Schlupfwespen als natürliche Feinde des Schädlings.

Gudrun Richter

Der Apfelkönig

In einem kleinen Garten stand einmal ein kleiner Apfelbaum. Der Frühling hatte ihm hunderte weiß-rosa Blüten geschenkt. Täglich flogen die Bienen ein und aus und besuchten den Apfelbaum. Das war ein Summen und Brummen in dem Baum! Eines Tages kam ein kleiner frecher Wind und pustete all die weiß-rosa Blütenblätter durch die Luft, so dass es aussah, als schneite es. Nun konnte man sie sehen – viele winzige kleine grüne Äpfel saßen da, wo vorher die Blüten waren. Doch sie waren wirklich winzig klein.

„Wir wollen wachsen!", riefen die Äpfelchen.

Das hörte eine große dunkle Wolke, die gerade am Himmel stand. „Kein Problem" sagte die Wolke und schickte ihren Regen in den Garten.

Mit seinen Wurzeln trank der Apfelbaum den Regen und die Äpfel wuchsen und wurden groß. Jeden Tag ein Stückchen mehr, so wie auch du jeden Tag ein Stückchen größer wirst. Das ging eine ganze Weile so. Die Äpfel waren groß, aber ganz grün und quieksauer.

„Wir wollen süß und saftig sein!", riefen die Äpfel.

Das hörte die Sonne, die vom Sommerhimmel strahlte. „Kein Problem", sagte die Sonne und schickte ihre warmen Strahlen zu den Äpfeln.

Diese bekamen rote und gelbe Bäckchen und wurden süß und saftig. Auch das dauerte wieder eine ganze Weile. Die Äpfel wurden reif. Sie sahen prächtig aus! Ganz oben, am höchsten Ast, hing der schönste. Groß, rot, saftig und süß!

An einem sonnigen Herbsttag kam ein Kind mit einem Korb in den Garten und pflückte die Äpfel. Da entdeckte es den Apfel am oberen Ast. „Oh bist du schön! Du bist sicher ein ganz besonderer Apfel!"

Da hörte es ihn mit feiner Stimme sprechen: „Ja weißt du nicht, dass auf jedem Apfelbaum auch ein Apfelkönig wächst? Und der bin ich."

„Aber ein König hat eine Krone" meinte das Kind.

„Auch ich habe eine Krone, aber man muss sie entdecken. Wenn du ein Messer nimmst und mich mit einem guten Freund teilst, wirst auch du die Krone finden."

Zerschneide einen Apfel im Zickzack, dann siehst du die Krone.

Gudrun Richter

Sina Blackwood

Der Generationenbaum

Als man mich im Jahr 1620 pflanzte, war ich ein Geburtstagsgeschenk für den neugeborenen Enkel des alten Gutsherrn gewesen. Wir sollten praktisch gemeinsam aufwachsen und ich ihm süße Früchte liefern, wenn Georg ins Erwachsenenalter käme, denn fast so lange brauchte auch ich, um erwachsen zu werden. Borsdorfer Renette nannte man mich und ich konnte auf eine lange glorreiche Ahnenreihe aus dem 12. Jahrhundert zurückblicken, genau wie mein kleiner menschlicher Freund.

Es war ein aufregendes Jahr gewesen, in dem man uns zusammenbrachte, denn im September ließ Kurfürst Johann Georg I. von Sachsen Bautzen belagern. Einen Monat später wurde die Stadt eingenommen. Ich war glücklicherweise noch zu klein, als dass man mich für irgendetwas zweckentfremden konnte. Der nachfolgende Winter war hart, doch ich überstand ihn, genau wie Georg und seine Familie. Der alte Herr war ein geschickter Diplomat. Er schaffte es tatsächlich, fast ungeschoren aus allen Wirren der Zeit hervorzugehen, obwohl wir uns mitten im Dreißigjährigen Krieg befanden.

Vier Sommer später fragte Georg seine Mama: „Wann wird mein Baum das erste Mal blühen und Äpfel tragen? Auf den großen Bäumen wachsen sie doch jedes Jahr!"

„Wenn ihr zusammen groß und stark geworden seid", lautete die Antwort. „Die alten Bäume haben schon hier gestanden, als dein Großvater noch ein kleiner Junge war. Dein Bäumchen wird, wenn du es gut behandelst, auch noch da sein, wenn du Kinder und Enkel hast. Nur wird es dann die alten Bäume nicht mehr geben. Sie können bei guter Pflege zwar 180 Jahre alt werden, tragen dann aber keine Früchte mehr. Man wird sie ersetzen, weil sie zu nichts mehr nütze sind."

Georg erstarrte. „Was heißt ersetzen?", stammelte er, ahnend, was es bedeutete.

„Sie werden gefällt und zu Brennholz zerspaltet. Die Wurzeln gräbt man aus, weil man Neues pflanzen will", erklärte die Mutter.

Georg umfasste mein dünnes Stämmchen mit beiden Armen. „Ich will nicht, dass mein Baum gefällt wird! Ich will, dass er weiterleben darf, wenn er alt ist. Wird man Großvater auch ersetzen, weil er nicht mehr laufen kann?"

„Seine Arbeit macht nun dein Vater", erklärte die Mutter.

„Und für die alten Bäume tragen die neuen Früchte!", begehrte Georg auf.

Mutter lächelte milde. Bis Georgs Baum alt sein würde, lief noch viel Wasser die Spree hinunter. Georg würde irgendwann die Notwendigkeit begreifen, Bäume zu fällen. Schließlich besaß man den größten Apfelgarten weit und breit. Ja, eigentlich schon eine Plantage.

Am meisten liebte Georg die Weihnachtszeit, mit Apfelplätzchen, Apfelstrudel oder mit Äpfeln gefüllten, knusprig braun gebratenen Enten. Oft kam er zu mir, um zu berichten, was man aus den Früchten der Bäume um mich herum gezaubert hatte. „Wenn wir beide groß sind, werden deine Äpfel genau so lecker schmecken. Für mich werden sie die besten Äpfel auf der ganzen Welt sein."

In einem besonders trockenen Sommer begann ich, meine Blätter abzuwerfen, um überleben zu können. Die Verdunstung entzog mir zu viel Wasser. Die Wurzeln der großen Bäume reichten tief und ihnen mangelte es an nichts. Ein alter Bauer verriet Georg mein Geheimnis, worauf der Knabe jeden Tag einen vollen Eimer Wasser zu mir schleppte. „Nicht direkt am Stamm gießen!", mahnte der alte Mann. „Schau, wie weit die Krone deines Bäumchens reicht, bis dahin breiten sich auch seine Wurzeln aus." Mit leuchtenden Augen schaute Georg zu mir auf, als ich nach ein paar Tagen hier und da ein neues Blatt hervorbrachte. Nun wusste er, dass ich überleben würde. Ob er überleben würde, wusste ich nicht. Es waren schwere Zeiten. Für Georg gab es keine schöneren Geschenke zu seinem zehnten Geburtstag, als die zehn Blüten, die er an meinen Zweigen entdeckte.

„Für jedes Lebensjahr eine", schmunzelte der Vater. „Nun müssen nur noch die Bienen fleißig sein." Aber das wollte er wohl lieber nicht dem Zufall überlassen. Heimlich bestäubte er meine Blüten per Hand und ich gab mir alle Mühe, wenigstens ein paar Äpfel bis zur Reife zu tragen, trotz Hagelschlag und Sturm. Am Ende waren es vier, die Georg stolz nach Hause trug, wobei er mich den wundervollsten Baum der ganzen Stadt nannte. Einen Apfel bekam der Großvater, einen behielt Georg und die anderen mussten sich die übrigen beiden Früchte teilen.

Dass die großen Bäume ganze Wagenladungen Äpfel hergaben, interessierte Georg nicht. Seine eigenen schmeckten hundert Mal, nein tausend Mal, besser!

Im Jahr darauf pflückte er schon 14 Äpfel von meinen Zweigen, aus denen die Mutter einen duftenden Kuchen zubereitete. „Oh, es sind wirklich herrliche Äpfel!", lobte sie. „Aromatisch und mit festem Fleisch." Georg stand daneben und wachte mit Argusaugen darüber, dass ihm ja nicht eine fremde Frucht für das Backblech untergeschoben wurde.

Im Sommer lag er oft lesend im Schatten meiner Blätter. Auch seiner ersten großen Liebe gab er hier heimlich einen flüchtigen Kuss. Sogar den Großvater trugen sie bei besonders schönem Wetter zur mir, wo er in einem Schaukelstuhl seine Mittagsruhe hielt. Eines Tages schlief er unter meinem Blätterdach für immer ein. Georg streichelte meinen Stamm. „Wenn ich dich anschaue, dann habe ich das Gefühl, Großvater wäre noch immer bei uns", flüsterte er.

Aber Großvater war nicht mehr da. Das mussten ein paar Tage später jene Bäume feststellen, deren Ertrag im Lauf der Zeit zurückgegangen war. Sie hatte man nur des alten Mannes wegen stehen lassen, denn dessen Urgroßvater hatte sie einst gepflanzt. Nun rückten die Arbeiter mit Axt und Säge an. „Ich schwöre, dir wird es nicht so gehen!", murmelte Georg, die geballten Fäuste in den Hosentaschen versteckend.

Als man ihm mit 21 die Frau fürs Leben aufdiktierte, wurde die lange Hochzeitstafel im Garten platziert. Wir Bäume prangten in voller Blüte, Bienen summten um uns herum, Vögel zwitscherten und alles machte für eine Weile vergessen, dass die Zeiten noch immer hart waren. Auch Luises Eltern waren Gutsherren und sie das jüngste Kind. Der Bruder werde irgendwann das elterliche Gut erben, die drei Schwestern hatte man mit ebenbürtigen Adelssprösslingen verheiratet, denen sie wenig zugetan waren. Es ging ausschließlich ums Geld. Als sich Luises und Georgs Vater arrangierten, ahnten sie nicht, dass die Kinder wie füreinander geschaffen waren.

Georg hatte mir damals sein Leid geklagt, kaum ein Mitspracherecht bei der Wahl der zukünftigen Gattin zu haben. Es hieß nur allenthalben, bis auf eine, wären die Schwestern nicht sonderlich hübsch. Er sollte sie erst am Tag der Hochzeit zu sehen bekommen. In der Tat waren die drei bereits verheirateten Damen sehr herbe Schönheiten, um es vorsichtig auszudrücken. In Georg keimte Hoffnung auf, das Gerede könne wahr, und die vierte Schwester ansehnlicher sein. Als sie endlich den Schleier hob, huschte ein zufriedenes Lächeln über sein Gesicht. Bei Luise schien die Natur alles gutmachen zu wollen, was sie bei den anderen verdorben hatte. Georg ahnte nicht, dass Luises Mutter die zweite, inzwischen ebenfalls verstorbene, Frau seines nunmehrigen Schwiegervaters gewesen war. In Luises Mundwinkeln hatte sich ein Dauerlächeln eingenistet. Sie schien mit ihrem Schicksal nicht unzufrieden zu sein, bemerkte sie doch schon bei Tisch, in ihrem frisch angetrauten Gatten einen Seelenzwilling zu haben. Und sie stellte auch erstaunlich schnell, in Bezug auf mich, flüsternd fest: „Mit diesem Baum hier, scheint es eine besondere Bewandtnis zu haben."

„Das ist mein Lebensbaum", raunte Georg blinzelnd, eine Fingerspitze über meine Rinde gleiten lassend. „Mein Großvater hat ihn anlässlich meiner Geburt gepflanzt."

„Er ist wundervoll", seufzte Luise. „Ich habe nicht einmal einen Rosenstock bekommen, wie meine Schwestern." Georg zog die Augenbrauen zusammen. Ein paar Tage später setzten sie gemeinsam eine kleine Rose an die Mauer ganz in meine Nähe. „Passt du bitte gut auf sie auf?", bat Luise, sanft meinen Stamm streichelnd. Ich spürte deutlich, wie wohl sie sich bei uns fühlte.

Wenn Georg mit den Entscheidungen seiner Eltern in Bezug auf die Plantage unzufrieden war und aufbegehren wollte, schloss Luise kurz und nur für ihn sichtbar die Augen. *Nimm es als gegeben hin. Wir werden es ändern, wenn du eines Tages das Sagen hast.* Dann ballte Georg die Fäuste in den Hosentaschen, wie er es als Kind getan hatte, und setzte ein unverbindliches Lächeln auf. „Glaube mir, du ersparst uns viel Ärger", wisperte Luise dann stets.

Als beiden ein Sohn geboren wurde, pfropften sie einen meiner Zweige auf eine schnellwüchsige Unterlage. „Auch so kannst du weiterleben", verrieten sie mir. Und das haben viele Generationen ihrer Nachkommen für jeweils den Erstgeborenen getan. Zudem hatte Georg in seinem Testament verfügt, was er mir oft versprochen hatte. Ich durfte in Ehren alt werden und eines Tages unberührt verrotten. In meinen gepfropften Zweigen lebte ich dennoch weiter und weiter, obwohl es nicht mehr viele meiner Nachkommen gibt. Georgs Familie existiert nur noch in meinen Erinnerungen. Seine fernen Nachkommen leben in alle Winde zerstreut und die alte Tradition ging unter, weil sie vergessen wurde. Auch ich wäre fast in Vergessenheit geraten, wenn nicht zufällig jemand im 21. Jahrhundert meine Äpfel genauer betrachtet und zu einem Pomologen gebracht hätte. Der stellte schließlich fest, dass er einen wahren Schatz vor Augen hatte, denn meine Frucht, die Borsdorfer Renette, kommt nur ein Mal in 10000 Bestimmungsproben vor. Kleinbleibende, früh tragende Sorten haben uns verdrängt.

Ich, der jüngste Spross von Georgs Baum, wurde 1861 zum Leben erweckt, bin jetzt genau 160 Jahre alt und meine Lebenszeit läuft langsam ab. Ich hoffe, dass wenigstens noch ein einziges Mal jemand einen Zweig aus meiner Krone schneidet, in welchem ich weiterleben darf. Ich die Borsdorfer Renette, Nachfahre eines Baumes aus dem 12. Jahrhundert.

Gudrun Richter

Arno Zirm

Lob der Faulheit

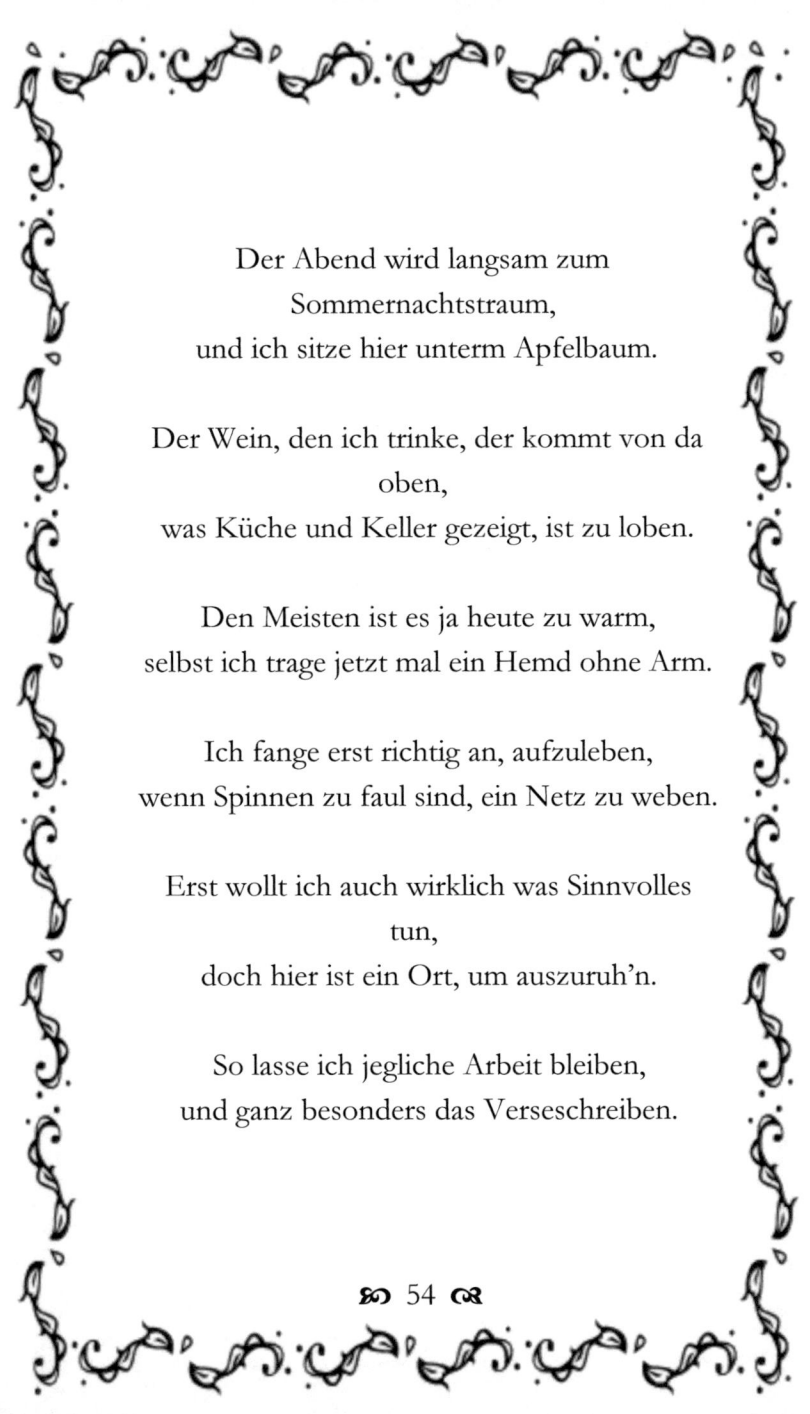

Der Abend wird langsam zum Sommernachtstraum,
und ich sitze hier unterm Apfelbaum.

Der Wein, den ich trinke, der kommt von da oben,
was Küche und Keller gezeigt, ist zu loben.

Den Meisten ist es ja heute zu warm,
selbst ich trage jetzt mal ein Hemd ohne Arm.

Ich fange erst richtig an, aufzuleben,
wenn Spinnen zu faul sind, ein Netz zu weben.

Erst wollt ich auch wirklich was Sinnvolles tun,
doch hier ist ein Ort, um auszuruh'n.

So lasse ich jegliche Arbeit bleiben,
und ganz besonders das Verseschreiben.

Enno-Jörg Wetzel

Qual der Wahl

Zwei Damen sitzen in der Lounge eines Wellnesshotels und nippen an ihren Cocktails.

„Wie war eigentlich so dein Letzter?"

„Welchen meinst du denn?"

„Ich glaube, der hieß Erwin Baur."

„Gar nicht so schlecht. Der verschaffte mir so ein Prickeln auf der Zunge. Aber er kam eben vom Lande."

„Das heißt, es ist aus?"

„Allerdings. Zurzeit vernasche ich gerade den Gravensteiner."

„Und?"

„Noch ein bisschen grün, der Junge. Und bei jedem Bisschen immer gleich sauer."

„Hattest du schon mal einen aus dem Hochadel?"

„Ja, den Finkenwerder Herbstprinz."

„Wahnsinn. Wie habt ihr euch kennengelernt?"

„Er ist mir in den Schoß gefallen. Unter einem Apfelbaum."

„Wie romantisch. Du bist echt zu beneiden. Also ich wäre ja schon froh, wenn ich mal einen fände, den ich wenigstens auf dem Opernball vorzeigen kann."

„Schnapp dir den Royal Gala."

„Werde ich probieren. Insgeheim träume ich ja immer noch von einem bekannten Künstler."

„Wie wäre es mit Elstar? Der ist in aller Munde."

„Kommt mir nicht in die Tüte. Den hatte doch jede schon mal."

„Das stimmt natürlich. Aber wenn du mal etwas Knackiges willst, da kann ich dir den Braeburn empfehlen."

„Oh ja. Oder so ein Kerl mit rauer Schale."

„Boskoop."

„Meinst du? Ach, ich weiß nicht. Irgendwie sind diese Typen doch alle gleich. Es müsste mal was ganz, ganz anderes sein."

„Dann versuch es mit Pink Lady!"

Günter Hartmann

Spalier

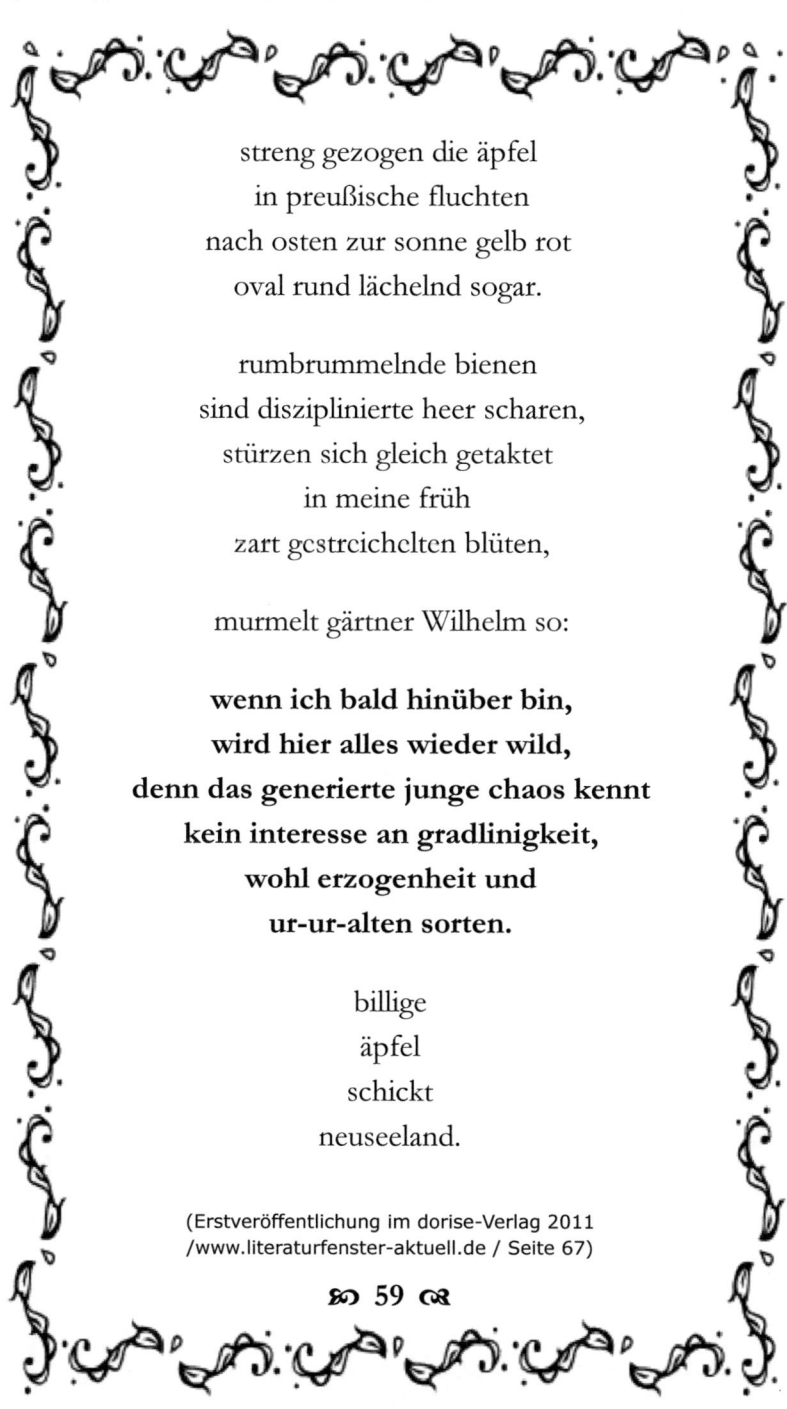

streng gezogen die äpfel
in preußische fluchten
nach osten zur sonne gelb rot
oval rund lächelnd sogar.

rumbrummelnde bienen
sind disziplinierte heer scharen,
stürzen sich gleich getaktet
in meine früh
zart gestreichelten blüten,

murmelt gärtner Wilhelm so:

wenn ich bald hinüber bin,
wird hier alles wieder wild,
denn das generierte junge chaos kennt
kein interesse an gradlinigkeit,
wohl erzogenheit und
ur-ur-alten sorten.

billige
äpfel
schickt
neuseeland.

(Erstveröffentlichung im dorise-Verlag 2011
/www.literaturfenster-aktuell.de / Seite 67)

Dr. Peter Zech

Die Toskana des Ostens ist nicht nur für ihre Weine berühmt

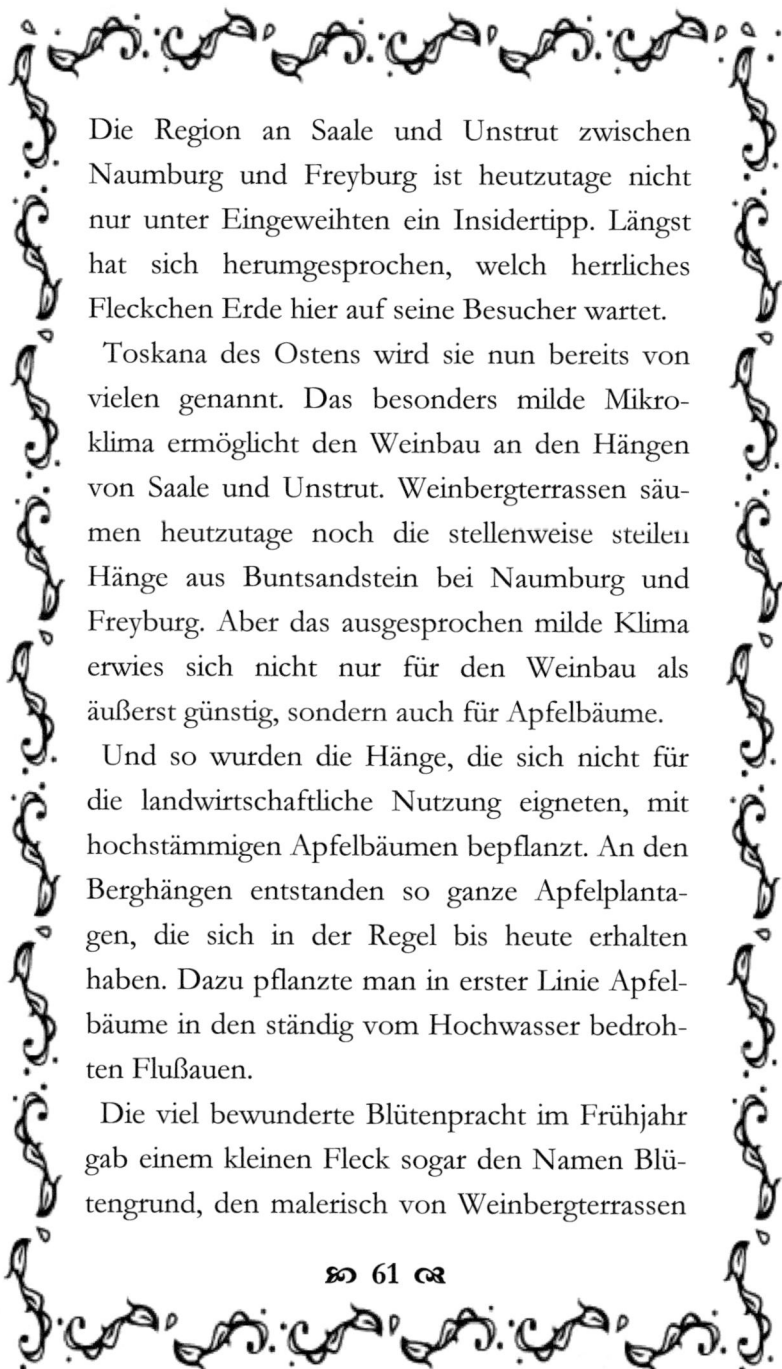

Die Region an Saale und Unstrut zwischen Naumburg und Freyburg ist heutzutage nicht nur unter Eingeweihten ein Insidertipp. Längst hat sich herumgesprochen, welch herrliches Fleckchen Erde hier auf seine Besucher wartet.

Toskana des Ostens wird sie nun bereits von vielen genannt. Das besonders milde Mikroklima ermöglicht den Weinbau an den Hängen von Saale und Unstrut. Weinbergterrassen säumen heutzutage noch die stellenweise steilen Hänge aus Buntsandstein bei Naumburg und Freyburg. Aber das ausgesprochen milde Klima erwies sich nicht nur für den Weinbau als äußerst günstig, sondern auch für Apfelbäume.

Und so wurden die Hänge, die sich nicht für die landwirtschaftliche Nutzung eigneten, mit hochstämmigen Apfelbäumen bepflanzt. An den Berghängen entstanden so ganze Apfelplantagen, die sich in der Regel bis heute erhalten haben. Dazu pflanzte man in erster Linie Apfelbäume in den ständig vom Hochwasser bedrohten Flußauen.

Die viel bewunderte Blütenpracht im Frühjahr gab einem kleinen Fleck sogar den Namen Blütengrund, den malerisch von Weinbergterrassen gesäumten und mit Apfelbäumen bepflanzten Saaleauen an der Saale-Unstrutmündung bei Naumburg.

Die Apfelbäume überstanden die Hochwasser meist unbeschadet, während die Ernte des angebauten Getreides und Gemüses komplett verloren gewesen wäre.

Noch bis Anfang dieses Jahrhunderts waren viele der kleinen Land- und Dorfstraßen um Naumburg und Freyburg nur gepflastert. Bis in die 70er Jahre des letzten Jahrhunderts war die alte Straße zwischen den beiden Städten über die Henne nur ein zerfahrener Schotterweg und so mit Löchern übersät, dass er von Fahrzeugen jeglicher Art, obwohl wesentlich kürzer, strikt gemieden wurde.

Dafür säumten die Straßenränder der meisten Straßen in der Regel hochstämmige Apfelbäume, manchmal auch Kirschbäume, die in DDR Zeiten niemandem zu gehören schienen. Und so fuhren meine Eltern mit uns Kindern im Herbst zur Apfelernte an den entlegenen Landstraßen in die Naumburger Umgebung.

Wir Kinder stiegen dann die hochstämmigen Bäume hinauf und pflückten so viele Äpfel, bis der Kofferraum des Trabbis voll war. Es waren noch nicht die Apfelsorten, wie man sie heute in der Kaufhalle bekommt.

Meist waren sie kleiner, aber von süß bis säuerlich im Geschmack. Die Äpfel waren nicht nur für den rohen Verzehr gedacht. Aus ihnen wurde zu Hause auch Apfelmus gemacht. Zudem wurden etliche Kisten mit Äpfeln an die Mosterei an der Henne bei Naumburg abgeliefert.

Für eine bestimmte Menge an Äpfeln erhielt man eine bestimmte Menge an Apfelmost zurück, ohne, und das war das Gute, dafür Geld zu bezahlen.

Nur die dafür nötigen Flaschen mussten selbst mitgebracht werden. Heute herrscht auch auf den unbedeutendsten Landstraßen um Naumburg und Freyburg ein lebhafter Verkehr. Eine Asphaltdecke erlaubt dazu auch auf den schmalsten Landstraßen eine hohe Geschwindigkeit.

Verschwunden dagegen sind bis auf Restbestände die ehemaligen Obstbäume jeglicher Art und damit leider auch die Apfelbäume, die einst die Straßenränder in großer Zahl säumten. An

vielen Straßen fehlt heute jeglicher Baumbe-
wuchs. An manchen wurden die ehemaligen
Obstbäume durch andere Arten ersetzt, womit
wohl endgültig jene Zeit Vergangenheit ist, als
man noch Äpfel kostenlos an jeder Landstraße
ernten konnte.

Daniela B. Krug

Matthias Albrecht

Mein Sündenfall

Ich saß im Restaurant „Zum güld'nen Ebbel" und trank – Ebbelwoi. Also Apfelwein für alle, die kein Hessisch verstehen. Bier hatten die hier keins. Der Kellner rümpfte die Nase, als ich danach fragte. Dabei nahm sein Gesicht die Farbe der Wand in einem Krankenhauszimmer an. Es wäre eine Sünde, nach Bier zu fragen in einem der renommiertesten Ebbelwoilokale Deutschlands. Und er zählte ungefragt die Sorten auf, unter denen ich wählen könnte: Accomack, Babcock, Baraboo, Captain Kidd, Clochard, Cox Orange, Cornellis, Delistein …

Ich hätte mir ja eine andere Kneipe suchen können, doch mein Zug fuhr schon in einer Stunde weiter, und ich hatte keine Lust, ewig umherzuirren in einer Kleinstadt, in der ich noch nie war. „Bad Camberg. Neunzig Minuten Aufenthalt!" – Es war das erste Lokal, über das ich stolperte auf dem Spaziergang vom Bahnhof in die nähere Umgebung. Also Äppelwoi – besser als nichts. Nur ein Maß. Oder zwei. Nicht mehr. Der Konferenz, auf der ich als Abgeordneter der „Deutschen Biertrinkervereinigung" Werbung für unsere Brauerei machen sollte, würde ich pünktlich beiwohnen können. Der

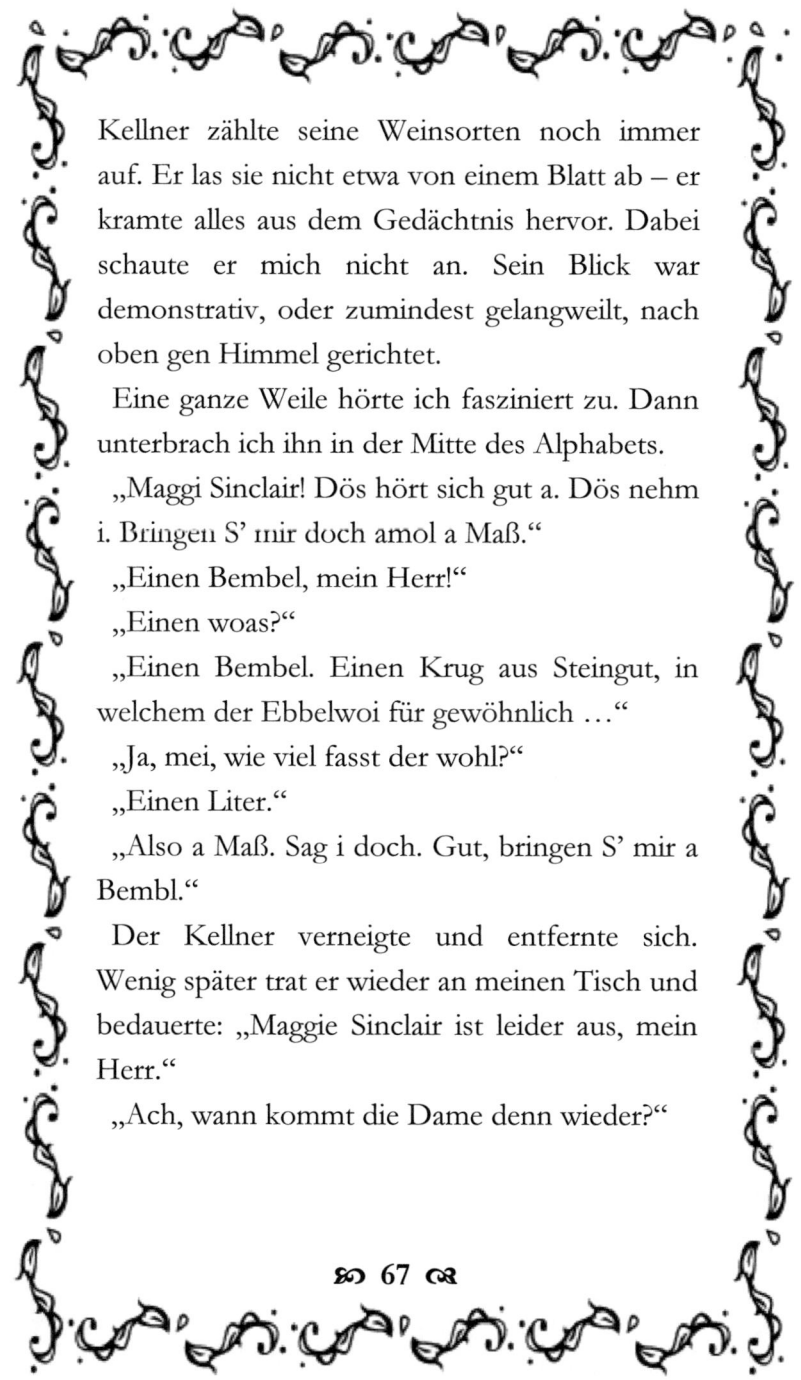

Kellner zählte seine Weinsorten noch immer auf. Er las sie nicht etwa von einem Blatt ab – er kramte alles aus dem Gedächtnis hervor. Dabei schaute er mich nicht an. Sein Blick war demonstrativ, oder zumindest gelangweilt, nach oben gen Himmel gerichtet.

Eine ganze Weile hörte ich fasziniert zu. Dann unterbrach ich ihn in der Mitte des Alphabets.

„Maggi Sinclair! Dös hört sich gut a. Dös nehm i. Bringen S' mir doch amol a Maß."

„Einen Bembel, mein Herr!"

„Einen woas?"

„Einen Bembel. Einen Krug aus Steingut, in welchem der Ebbelwoi für gewöhnlich …"

„Ja, mei, wie viel fasst der wohl?"

„Einen Liter."

„Also a Maß. Sag i doch. Gut, bringen S' mir a Bembl."

Der Kellner verneigte und entfernte sich. Wenig später trat er wieder an meinen Tisch und bedauerte: „Maggie Sinclair ist leider aus, mein Herr."

„Ach, wann kommt die Dame denn wieder?"

Der Kellner zog die Brauen empor. „Die nächste Lieferung? Nicht vor einem Monat. Aber Sie können …"

„Da war doch woas mit – wie hieß dös noch amol – eh – so wie a Seeräuber – Sie wissen scho …"

„Seeräuber?"

„Ja, dieser – eh – na – Captain … – es war a Wort wie dös, was a Glaser braucht, um die Fensterscheibn im Rahmen zu arretieren – Sie wissen scho."

„Captain Kidd, mein Herr?"

„Genau der!"

„Kommt sofort!"

Der Kellner eilte davon. Drei Minuten später stand ein blauer Krug auf dem Tisch. Der Kellner hatte mir einen Schluck in ein „Geripptes" eingeschenkt, wie die Gläser hier genannt wurden.

Im ersten Augenblick wollte ich ihn ob seiner Knausrigkeit rügen. Dann fiel mir ein, dass ich der Krug ja eh für mich sei, und dass ich zunächst wohl kosten solle, ob mir der Wein auch mundete.

„Ja", sagte ich. „A echter Freibeuter. Urig und unverfälscht."

Der Kellner goss das Glas voll und entfernte sich.

Ich hatte Durst. Der Wein schmeckte ungewohnt für meinen Gaumen. Leicht säuerlich, doch erfrischend spritzig. Und zudem schien er nicht stärker zu sein als Hefeweizen. So war der Captain Kidd im Handumdrehen hinter die Binde gekippt.

„Möchten Sie noch ein Stöffche?", fragte der Kellner wenig später.

„A Stöffche?"

„Einen Ebbelwoi."

„Jo freili." Ich überlegte. „Da war doch woas mit – na, – mit anem, der so heißt wie a Landstreicher."

„Clochard?"

„Genau der. Oder treibt der sich a irgendwo in der Weltgeschichte rum wie diese Maggie? Verwunderlich wär s grad net."

„Den haben wir", schmunzelte der Kellner. „Er ist aber etwas stärker als Captain Kidd."

„Stärker? Dös will i sehn!"

Der Kellner entfernte sich nickend.

Der Clochard war stärker. Nicht viel, doch merklich. Ich versank in Gedanken.

Eine Sünde, hatte der Kellner gesagt, als ich nach Bier fragte. Ha! Von wegen Sünde. Womit hatte denn eigentlich alles angefangen? Als die böse Schlange Eva im Paradies dazu brachte, Adam zu verführen, riet sie ihr, mit ihm zusammen die Frucht vom Baume der Erkenntnis des Guten und des Bösen zu kosten. Da Eva damals völlig unschuldig war – und das in jeder Hinsicht –, konnte sie für sich in Anspruch nehmen, auch die Naivität und die Vertrauensseligkeit gepachtet zu haben. Und natürlich die Neugier, von der wohl jedem weiblichen Wesen ein Gutteil mehr in die Wiege gelegt wird als den männlichen Vertretern des Menschengeschlechts. Der Vollständigkeit und Wahrheitsliebe halber sei erwähnt, dass ihr Adam in der Beziehung nichts voraus hatte. Damals leider auch das Maß an Neugier.

Die Folgen der paradiesischen Fruchtverkostung sind selbst Atheisten hinlänglich bekannt.

Der allgemeinen Verlautbarung nach soll es sich um einen Apfel gehandelt haben. Ob Cox Orange, Allington Pepping, einfacher Granatapfel, Kienapfel, Stechapfel – na, letztere beiden dann wohl doch nicht – völlig egal. Ein Apfel eben. Ursprünglich lag der Gedanke nahe, dass es sich um einen Feigenbaum gehandelt haben müsse, da ja Adam und Eva mit dessen Blättern ihre Blöße bedeckten, als sie erkannten, dass sie nackt umherliefen. Doch schon bald musste der Apfel als Sündenfrucht herhalten, wohl auch deshalb, weil er in der nördlichen Hemisphäre, in der sich das Christentum besonders stark ausbreitete, bekannter war. Dennoch – ein profaner, gemeiner Apfelbaum als Fruchtträger der Erkenntnis von Gut und Böse? Als wertvolles Kleinod des Paradieses? Hätte man nicht auf eine ungleich wertvollere, seltenere Frucht zurückgreifen können? Auf eine Grenadilla, Rambutan, Karambole, Maracuja? Oder Schlangenfrucht. Genau! Die wäre doch wenigstens stilecht gewesen, oder?

Nein. Ein simpler Apfel soll es gewesen sein.

Gut. Schön. Nehmen wir einmal an, dass es ein Apfel war. Wird dieser Frucht deshalb solch gesundheitsstrotzende Wirkung nachgesagt? Zumindest in unseren europäischen Breiten? „Ein Apfel am Tag erspart den Weg zum Arzt"!

So sagt man. Ich kannte einen Kollegen, der täglich mehrere Äpfel zu sich nahm und trotzdem
einen Herzinfarkt im Alter von zweiundfünfzig
Jahren erlitt. Weil er mehr als einen pro Tag aß?
War das zu viel des Guten? Oder werden Äpfel
allgemein in ihrer gesundheitsfördernden Wirkung überschätzt?

„Möchten Sie noch einen Clochard?"

Ich blickte auf. Ah, der Kellner.

„Ja mei, bringens mir noch a-anen. Man so-soll
bei aner So-sorte bleiben, wann 's anen net
umhauauen möcht!"

Wenig später stand der nächste Landstreicher
auf meinem Tisch. Es gibt viel mehr alte Säufer
als alte Ärzte, sinnierte ich. Das ist ein Fakt! Und
das sollte uns zu denken geben! Obgleich manche Ärzte – so sagt man zumindest – in jünge-
ren (und mittleren – vielleicht sogar betagten)
Jahren dem Alkoholkonsum auch nicht unbe-
dingt konträr gegenüberstehen. Insbesondere
sollen gerade Chirurgen nur dann in der Lage
sein, einen präzisen Schnitt mit dem Skalpell
hinzubekommen, wenn sie zuvor … Lassen wir
das. Es ist ein Gerücht. Mehr nicht. Übrigens –
mir persönlich wäre es völlig egal, ob der Arzt,

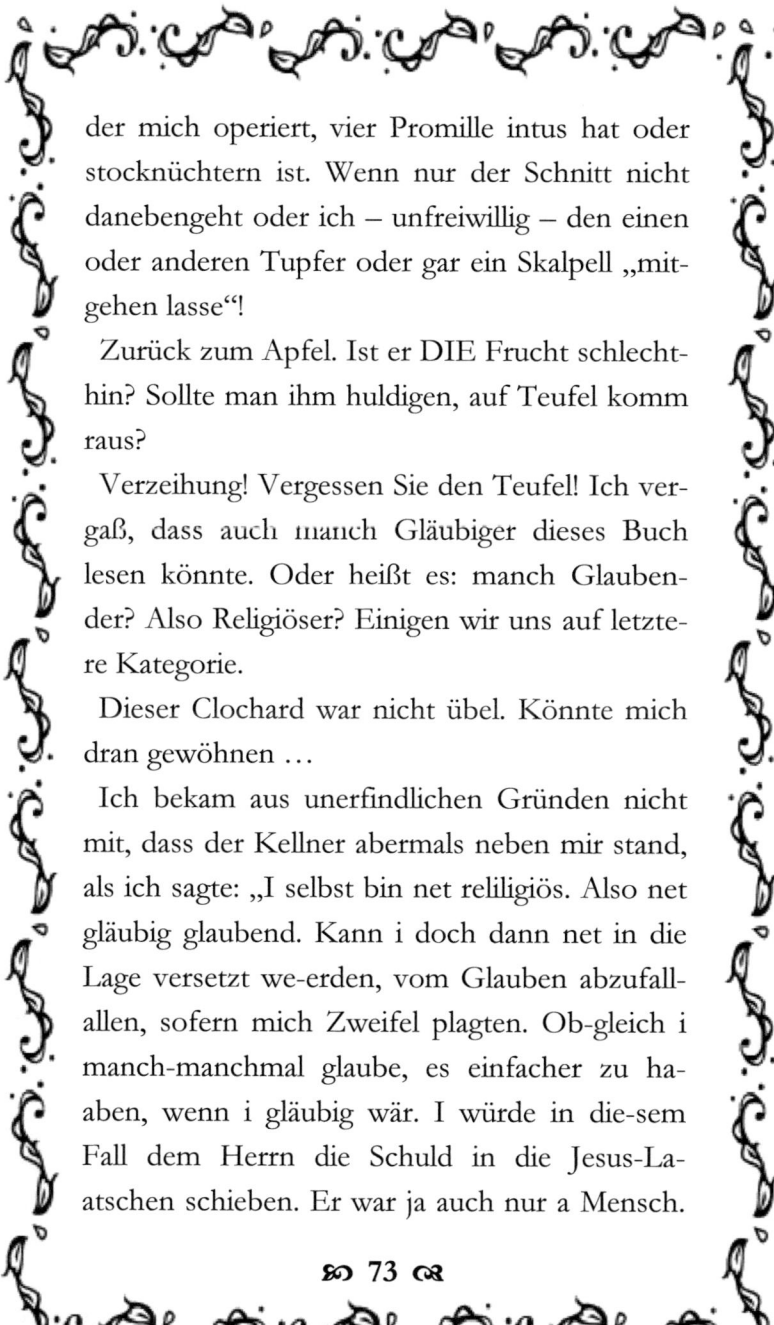

der mich operiert, vier Promille intus hat oder stocknüchtern ist. Wenn nur der Schnitt nicht danebengeht oder ich – unfreiwillig – den einen oder anderen Tupfer oder gar ein Skalpell „mitgehen lasse"!

Zurück zum Apfel. Ist er DIE Frucht schlechthin? Sollte man ihm huldigen, auf Teufel komm raus?

Verzeihung! Vergessen Sie den Teufel! Ich vergaß, dass auch manch Gläubiger dieses Buch lesen könnte. Oder heißt es: manch Glaubender? Also Religiöser? Einigen wir uns auf letztere Kategorie.

Dieser Clochard war nicht übel. Könnte mich dran gewöhnen …

Ich bekam aus unerfindlichen Gründen nicht mit, dass der Kellner abermals neben mir stand, als ich sagte: „I selbst bin net reliligiös. Also net gläubig glaubend. Kann i doch dann net in die Lage versetzt we-erden, vom Glauben abzufall-allen, sofern mich Zweifel plagten. Ob-gleich i manch-manchmal glaube, es einfacher zu ha-aben, wenn i gläubig wär. I würde in die-sem Fall dem Herrn die Schuld in die Jesus-La-atschen schieben. Er war ja auch nur a Mensch.

Also Jesus. Net Gott. Der war immer schon gö-öttlich. Und Jesus wurde es, als er Wunder tat und übers Wasser la-aufen konnte, ohne zu versaufen …" „Mein Herr – wir schließen in wenigen Minu-ten. Wenn ich Sie bitten dürfte …"

„Sie mich bitten? I bitt darum. Bitten S' nur. I koa Ihnen ka Bitte abschlag'n. Gott hatte ihn sozusa-agen auserkoren, sein Nach-nachfolger zu werden, also den Je-esus, in aner Zeit, in der niemand mehr an den Weih-einachtsmann glauben wollte. Mit Gott konnte sich ka Mensch identi-fizi-silieren. Aber mit Je-esus. Weil der mal a Mensch g'wesen war. Und nun war er sogar a Go-ott."

„Mein Herr – die Rechnung!"

„Ja da-amit hat koa-koaner gerechnet. Nicht amol die Atte – hatte – isten. Die ko-ommen eh immer zu spät, wenn es um Gla-aubensfra-agen geht, und … Zu spät?" Ich blickte auf meine Uhr. Die Zeiger verschwammen mir vor Augen. „Mein Zu-ug. Wie spät ist es?"

„Kurz vor dreiundzwanzig Uhr."

„Heu-eute, mo-orgen oder vorges-estern?"

„Jetzt! Heute."

Ich taumelte empor. Hielt mich krampfhaft an dem Ständer des Sonnenschirms fest.

„Oh Je-esus und Mari-ia! Wa-wann geht der nä-ächste Zug nach Mü-ünchen?"

„Nicht vor morgen Mittag."

Großer Gott! Die Konferenz. Vorbei! Aus und vorbei. Seit Stunden. Was nun?

„Ha-abens net a Zimmer für mi?", hörte ich mich fragen. „Hie-hier in Bad Camembert?"

„Bad Camberg, mein Herr."

„Meinetwe-egen auch da. Wäre ja sonscht auch Kä-äse!"

„Bis morgen?"

„Morgen Mi-ittag."

„Nebenan im Hotel. Soll ich Ihnen eins re-ser-vieren?"

„I – i bitt darum."

„Wird prompt sofort erledigt. Mit oder ohne Frühstück?"

„Mi-it. Gibt 's da auch a Bembel?"

„Wenn Sie wünschen …"

„Ja, dös wünsch i. Man soll da weiterma-achen, wo man am Tag zu-uvor aufgh'ört hat."

„Mit einem Clochard?"

„Meinetwegen a mit zwoa."

„Ich werde es der Rezeption ausrichten."

„I bitt darum!"

„Bitte der Herr."

„Da-anke!"

Scheiß was auf die Konferenz. Ich habe ein ungleich wertvolleres Getränk gefunden. Aber – sagen Sie das um Gottes willen nicht der „Deutschen Biertrinkervereinigung". Die könnte sonst vom Glauben abfallen …

Enno-Jörg Wetzel

Beitrag zur Kulturgeschichte einer Frucht

Seit Eva bot die süße Frucht,
vollkommen ist der grüne Platz.
Ein Tarzan stahl mit seiner Wucht
der Hesperiden gold'nen Schatz.
Und später wählte dann ein Junge
Miss Hellas unter Götterfrauen.
Von diesem Urteil spricht noch manche Zunge
und nie gelang es, Troja wieder aufzubauen.
Im Zwergenland vor langer Zeit
gespritzte Früchte bot die Königin.
Es biss hinein die schönste Maid
und sank vor vielen Männern gleich dahin.
Das Kernobst schoss ein Held hinfort
von seines Sohnes Kopfe in der Schweiz.
Drauf wurd' der Flecken dann zum Hort
für gutes Geld und steuerlichen Geiz.
Mit diesen Früchten rechnete schon
Adam Ries
Und Jahre später in den Staaten
'ne Apfel-Firma wiederholte dies.
So förderte dies Früchtchen viele Taten,
denn ohne Äpfel gäb' es schwerlich Liebe,
Rechner, Geld und Paradies.

Iris Fritzsche

Äpfel rollen durch die Zeit

Neulich habe ich mir in der Kaufhalle wieder mal Äpfel gekauft. Ja, ich sage immer noch Kaufhalle und nicht Supermarkt. Ist aber völlig egal. Ich kaufte mir also ein paar von meinen Lieblingsäpfeln. Die ganz grasgrünen, die so schön säuerlich schmecken und bei denen man beim Reinbeißen zutscheln muss, um ja nichts von dem köstlichen Saft zu verkleckern.

Zu Hause angekommen habe ich gleich einen von ihnen verspeist. Komplett. Nur ein kleines Zipfelchen von der Blüte und der Stil blieben übrig. Die Restlichen legte ich in eine Schale. Stellte diese vor mich auf den Tisch und sah sie einfach nur an. Dabei ließ ich meine Gedanken schweifen.

Wo kommst du wohl her, leckeres Früchtchen? Und dann kam mir plötzlich eine Geschichte in den Sinn. Die alte Geschichte von Adam, Eva und dem Paradies. Und noch einige andere, die auch mit Äpfeln zu tun haben. Mal sehen, was ich davon noch zusammenbekomme.

Alles begann vor unendlich langer Zeit im Paradies. Dort gab es laut Bibel den ersten Apfelbaum. Und wie auch in späteren Zeiten, war der Wurm drin.

Oder in diesem Fall die Schlange dran. Laut Überlieferung soll sie erst Eva zum Pflücken der einzigen Frucht vom Baum der Erkenntnis überredet haben. Und die hat dann Adam damit verführt. Tja, das Ganze endete damit, dass der Besitzer von Paradies und Baum den beiden kündigte und sie raus warf. Spinnen wir diese Geschichte einfach mal gedanklich weiter.

Eva war pfiffig. Sie steckte ein paar Apfelkerne ein. Den Rest hatten sie ja aufgegessen. Doch sie hatte erkannt, Vitamine sind immer von Vorteil. Auch wenn sie nicht wusste, dass die so heißen. Sie fand Äpfel einfach lecker. Und mit Hilfe der Kerne wollte sie neue Apfelbäume groß ziehen. Doch das Wachstum von Bäumen dauert bekanntlich lange und so verging viel Zeit.

Adam und Eva wurden Eltern, Großeltern und irgendwann war ihre Zeit vorbei. Ihre Kinder und Kindeskinder hüteten die Bäume, aßen später die Früchte und trugen weitere Kerne in die Welt.

Und wie sie nun überall hinzogen, kamen sie unter anderem auch nach Griechenland. Dort waren Äpfel bis dato unbekannt. Deshalb hatten sie leichtes Spiel damit, zu prahlen, dass sie diese Kerne direkt von den Göttern erhalten hätten. Oh ja, die Griechen hatten zu jener Zeit eine Vielzahl von Göttern. Die ließen sich in einer Art von Stammbaum sogar bis zu Gaia, so hieß die Urmutter bei der Griechen, zurückverfolgen.

Daraus hatten sich mit der Zeit mehrere Geschlechter aufgebaut, die sich zum Teil bekriegten, zum Teil sogar gegenseitig auffraßen. Dadurch hatten es die Nachfahren von Eva leicht, davon welche auszuwählen, denen sie die Sache mit den Äpfeln unterschieben konnten. Und damit es nicht so auffiel, gaben sie den Früchten verschiedene Namen – Paradiesapfel, Apfel, Granatapfel, um nur einige zu nennen.

Auch die Form der Äpfel galt als göttlich, da diese als perfekt rund empfunden wurden. Und die, die sie den Göttern unterschoben, mussten natürlich von strahlendem Gold sein. Obwohl – waren die wirklich aus Gold und dann auch noch essbar?

Gut, dass es Wikipedia gibt. Da kann ich gleich mal nachschlagen! Interessante Stories über die Götterwelt stehen drin!

Bis heute erhalten hat sich davon zum Beispiel die Geschichte von Eris und ihrer List, die Äpfel als Geheimwaffe einzusetzen, lese ich dort. Sie stachelte nämlich den jungen Halbgott Paris an, einen goldenen Apfel an die Schönste auf einem Fest zu verschenken. Klar, dass es im Ergebnis dessen zu einem Gezänke kam, das später wiederum zum Trojanischen Krieg führte. Tja, deshalb nennt man das vermutlich noch heute den ‚Zankapfel'.

Was lernen wir daraus? Nicht die Schönheit sollte mit Äpfeln belohnt werden, sondern die eigene Gesundheit. Er hätte also den Apfel besser selbst verzehren sollen.

Doch zurück zu Adam und Eva. Dank der vielen Nachkommen, und ihrer geschickten Verflechtungen des Apfels mit den Göttergeschichten, erhielt dieses Obst einen sehr hohen Stellenwert. Es sei hier auch kurz an die Geschichte mit den Hesperiden erinnert, die ihren Apfelbaum sogar von einem hundertköpfigen Drachen bewachen ließen. Von dort musste ihn Herakles, als eine seiner Prüfungsaufgaben, mopsen.

Klar gab es auch weniger gefährliche Verwendungen, bei Hochzeiten zum Beispiel oder bei der Befreiung aus der Unterwelt. Meist ging es dabei um den Granatapfel. Auch den Kelten machten Evas Nachkommen die göttliche Frucht schmackhaft. Hier in Verbindung mit dem sagenhaften Avalon, dem Gefilde der Seligen. Dort sollten, der Sage nach, herrliche Apfelbäume wachsen, deren Geschmack ein göttliches Vergnügen war.

So war der Apfel also im übertragenen Sinn bis über die Alpen gerollt. Auch in germanischen Sagen und Erzählungen finden wir ihn wieder. Hier war die germanische Göttin Idun für die goldenen Früchte zuständig. Sie gehörte zum germanischen Göttergeschlecht der Asen. Auch in diesem Zusammenhang ging es um Unsterblichkeit. Und es lassen sich noch weitere Apfel – Gott – Kombinationen finden.

Wenn man den ganzen Göttergeschichten Glauben schenkt, schält sich folgende Erkenntnis heraus: ‚Iss Äpfel und du wirst unsterblich!‘ Könnte glatt auch ein Werbeslogan der heutigen Obstbauern sein. Äpfel haben nun mal viele

Vitamine und sind gesund. So weit also zu meinen neu gewonnenen Erkenntnissen.

Halt, da fällt mir noch ein anderer Bereich ein, in dem Äpfel eine Rolle spielen – in Werken großer Dichter! Zu allererst die Erzählung mit dem Wilhelm Tell aus der Schweiz, der einen Apfel vom Kopf seines Sohnes schießen musste. Den Tell-Apfel gibt es ja noch heute. Jetzt ist er aber aus Schokolade und hat nichts mehr mit dem Ursprungsobjckt gemein, außer den Namen.

Auch der alte Goethe soll ja in seinen Dichtungen dem Apfel ein literarisches Denkmal gesetzt haben. Wie sicher noch viele andere Künstler, Maler und Poeten. Ich blicke auf und sehe wieder meine Schale mit den Äpfeln vor mir stehen, greif mir noch einen und spreche mit ihm. „Man oh man, hätte nicht gedacht, was ihr für altehrwürdige Früchte seid."

Elke Wagner

Der Apfelbaum

Es ist Herbst, der Himmel leuchtet blau und die
goldenen Sonnenstrahlen streicheln meine Haut.
Ich sitze unter einem Apfelbaum, ruhe mich aus
und lasse meinen Gedanken freien Lauf.

Da fängt der Apfelbaum zu erzählen an:
„Der Frühling bringt die Natur zum Erblühen
und an meinen Ästen zeigt sich das erste Grün.
Kleine Vögel lassen sich auf meiner Baumkrone
nieder und trällern fröhliche Lieder.
Im Sommer wachsen viele Äpfel an meinen
Ästen, aber bis zur Erntezeit ist es noch weit.
Endlich ist der Herbst dann da,
denn ich spüre schon seit Tagen,
ich habe eine schwere Last zu tragen.
Meine Äpfel sind jetzt alle reif, ach schüttle
mich, ach schüttle mich, es wird höchste Zeit!
Der Schnee im Winter deckt mich zu,
endlich komme ich zur Ruh`!"

Der Jahreskreis hat sich geschlossen, die Natur
hält jetzt ihren Winterschlaf. Bald spürt man
wieder das Frühlingserwachen und am
Apfelbaum zeigt sich das erste Grün.

Reina Darsen

Erinnerungen

Manchmal bedürfen Erinnerungen nur eines verbalen Anstoßes, um aus der Tiefe des Gedächtnisses an die Oberfläche zu gelangen. Diesmal sind es Äpfel, über die ich etwas schreiben soll.

Äpfel – was kann man über Äpfel denn schon schreiben, dachte ich zunächst. Beispiele, wie Adam und Eva, die sich seiner bedienten, oder Paris, der ihn der Aphrodite reichte, Schneewittchen, das mit ihm vergiftet wurde und der Apfelbaum in Frau Holles mystischem Reich gibt es ja schon auf Papier. Ebenso wie Fachbücher über Obst, die sich mit ihm befassen.

Bleibt mir übrig, ihn einmal auf meine Art zu betrachten, nämlich als eine Frucht, deren Duft und Geschmack meine Sinne berühren und die auf einem Baum wächst.

Er ist in der Regel fast kugelrund und faustgroß. Sein welker Blütenrest und ein kleiner Stiel verbergen sich axial gegenüber in trichterförmigen Mulden. Die Farben grün, gelb oder rot, manchmal sogar alle drei gemeinsam, färben seine zumeist glatte Haut, die auch rau sein kann, wie zum Beispiel beim Boskop, dem säuerlichen Winterapfel. Sein Inneres hat ein fünffaches, sternförmiges Gehäuse mit je einem braunen Samenkorn darin. Dazu fällt mir ein, wie meine Mam' beim Apfelschälen für einen Kuchen mich einmal fragte: „Was ist das? Es hat fünf Stübchen, darin wohnen fünf Bübchen."

„Der Apfel!", rief ich prompt, denn ich kannte das vollständige Kinderrätsel schon von Oma.

„Die Schale", belehrte sie mich, „sie soll seine wirksamsten Vitamine enthalten".

Ich schälte auch nie einen Apfel, wenn ich ihn roh essen wollte.

„Und zerschneiden musst du ihn auch nicht, denn du hast gesunde Zähne", ergänzte sie.

Eigentlich brauchte sie mir das gar nicht zu sagen, da ich schon sehr früh erfahren habe, was ein herzhafter Biss in diese saftig, säuerlich-süße Frucht für ein Genuss sein kann. Meist ließ ich sogar nur den Stiel übrig. Dieser dünne Strunk an seinem Ende gleicht einem winzigen Pinsel. Schelmisch reichte ich ihn meiner Mam' mit dem Auftrag, ihn zum Maler zu bringen, diesen Scherz wiederum kannte ich vom Papa.

„In Ordnung", sagte sie und steckte ihn schmunzelnd in ihre Schürzentasche. Und als ich bemerkte, dass sie gern die Apfelkerne kaute, wurden sie zu meinem Sammelobjekt und ich ahnte nicht, dass sie noch ein weiteres Mal in meinem Leben dazu von mir erhoben würden.

Es war Mitte der fünfziger Jahre. Ich lebte zu dieser Zeit zusammen mit Gleichaltrigen in einem Internat. Immer noch saß uns das Phänomen im Nacken, aus Mangel für alles Mögliche und manchmal auch Unmögliche einen Ersatz zu schaffen. An Äpfeln mangelte es uns jedenfalls nicht.

So kamen wir auf die Idee, aus ihren Kernen eine Kette zu fädeln und es begann eine mühsame Sammelleidenschaft um die kleinen, braunen Samenkerne. Sie wurden nach und nach, je nach Menge, mit einer dünnen Nähnadel auf Zwirn aufgefädelt und, damit sie nicht vertrocknen, sofort mit Nagellack bepinselt. Je nach Länge schmückten die fertigen Kreationen Hals oder Busen mit einem piekenden Begleiteffekt im Nacken oder am Hals, der tapfer der Eitelkeit wegen erduldet wurde.

Auch an die Bratäpfel im Winter erinnere ich mich. Meine Oma briet sie in der Röhre des großen Kachelofens. Ihr Duft und ihr Genuss – heiß wie sie waren – trugen Winterromantik in die warme Stube. Auch als Füllung im Brathähnchen verschmähte ich sie nie. Und erst Mutters Obstsalat aus Äpfeln und Orangen, manchmal auch zusammen mit Karotten, Zitrone und etwas Zucker. Welch ein Genuss und vor allem, wie gesund!

Ach ja! Und um einen ganz besonderen Apfel, fällt mir zudem noch ein, rankt sich sogar die Geschichte eines Nachkriegserlebnisses. Ein Ereignis, das eine prägende Wirkung auf mein Wesen hatte, hinter dem sich Trotz, Demut aber auch Mut verbergen. Er ist ein besonderes Exemplar dieser Sorte Obst, das mir beim ‚Kramen in der Vergangenheit‘ vor meinen Augen gaukelt, dessen unrechtmäßiger Erwerb sogar mit einer ‚dreifachen Hinrichtung‘ geahndet werden sollte.

Ein blutroter Apfel, kegelstumpfähnlich in der Form, erzählt davon. Um seine welke Blüte herum wölben sich vier kleine Buckel. Mit etwas Fantasie ähnelt er einem Hasenkopf. Sein Inneres ist so köstlich, dass er damit in meiner Erinnerung an keinen anderen seiner unzähligen Sorten heranreicht. Das Merkwürdige an ihm aber ist, dass seine Kerne im reifen Gehäuse hörbar klappern, wenn man ihn schüttelt. Landläufig wurde er deshalb ‚Klapperapfel' genannt. - Für Experten hat er gewiss einen abstrakteren Namen.

Es war im Herbst 1945. Ich lebte mit meiner Mutter und meinem kleinen Bruder noch in meiner Heimatstadt, die laut Potsdamer Abkommen seit dem den Bürgern unseres polnischen Nachbarlandes gehört. Wir waren mittellos, heimatlos und schrecklich hungrig. Erst zehnjährig, musste ich es lernen, mit dieser chaotischen Nachkriegssituation umzugehen. Der andauernde Mangel an Nahrung sowie ein unbeugsamer Lebenserhaltungstrieb zwangen dazu, Moral und Furcht aus dem Denken zu streichen und unerlaubte Wege zu gehen. Einer davon führte mich zu dem Baum, der die soeben beschriebene Frucht trägt.

In der Stadt gab es einen Garten voller Apfelbäume, unter ihnen dieser ‚Klapperapfelbaum'. Auf ihn hatte es eine Gruppe von Jungen aus der Nachbarschaft abgesehen. Sie fragten mich, ob ich mitkäme, um für sie bei ihrem ‚Raubzug' ‚Schmiere zu stehen'. Ich willigte ein, in der Hoffnung, dafür mit einem Anteil von der Beute belohnt zu werden. Den Garten umgab ein Lattenzaun, den die Jungen mühelos überwanden. Mit dem Gebrauch von Knüppeln bedienten sie sich der Früchte und ich sah ihnen dabei zu, ohne die mir aufgetragene Order zu vernachlässigen.

Dafür erhielt ich von ihnen zwei der gestohlenen Exemplare. Wir waren aber zu dritt zu Hause und satt wurden wir auch nicht davon. So wagte ich es, am Folgetag dem Baum allein meinen Besuch abzustatten. Mit einem Netz und trotzigem Mut ausgerüstet, begab ich mich zu dem Grundstück. Nur, wie sollte ich über den Zaun gelangen?

Inspizierend schlich ich an ihm entlang und entdeckte eine Stelle, an der ihm eine Latte fehlte. Diese Lücke nutzte ich und zwängte ohne Mühe meinen ausgemergelten Leib dort hindurch. Sachten Schrittes schlich ich zu dem Baum meiner Begierde. Lauernd sah ich mich um. Es war still um mich herum. Im Garten und auch im anliegenden Haus regte sich nichts. Die Nacht hatte noch nicht begonnen. Die untergehende Sonne stülpte ein farbiges Netz über seine Krone.

Das Märchen von Frau Holle kam mir in den Sinn und ich wollte die Goldmarie sein. Mit einem Rütteln am Baumstamm aber, wie es das Märchen erzählt, erreichte ich nichts, er war ja viel zu dick. Ich spähte nach einem ,Wurfgeschoss' und fand auf der Wiese eines der Aststücke, welches die Jungen während ihres ,Raubzuges' benutzt hatten. Noch einmal sah ich mich lauschend um. Nichts rührte sich. Mit einem kräftigen Schwung warf ich den Knüppel in das Geäst. Einige Äpfel fielen zu Boden. Der Erfolg machte mich mutig. Einmal und noch einmal wiederholte ich den Wurf, ohne mich umzusehen. Dann sammelte ich die Beute in mein Netz, die Nase auf den Boden gerichtet.

Plötzlich stieß mein Blick auf ein Paar große, schwarze Schuhe ganz dicht vor mir und die gehören keinesfalls der Frau Holle. Natürlich ahnte ich, so groß wie die waren, konnten sie nur die des Gartenbesitzers sein. Mein Herz stockte. Kauernd traute ich mich eine ganze Weile nicht hochzublicken. Der Mensch über mir wirkte wie eine stumme Säule auf mich. Meine Gedanken überschlugen sich. Mir wurde bewusst, um zu fliehen, war es zu spät.

Für eine Erlösung besann sich mein kindlicher Verstand auf eine Mischung aus Demut und Trotz. Widerstrebend richtete ich mich langsam auf, immer den Blick auf die Hosenbeine des ‚Riesen' vor mir gerichtet, dessen Füße in diesen großen, schwarzen Schuhen steckten. Es war mir wichtig, ihm zu zeigen, dass ich mich mutig meiner Tat stelle.

Erhobenen Hauptes und mit vorgerecktem Kinn, bezog ich Position, sah ihm so standhaft, wie ich nur konnte, in sein Gesicht. Er aber blieb stumm, sah mich nur an. Daraufhin wechselte ich ergeben meine Taktik. Nun mit Demut in Mimik und Haltung erwartete ich tapfer mein Urteil, während ich das Beben meines Körpers zu beherrschen versuchte. Meine bittenden Augen bedeuteten dem Eigentümer, dass er mir doch verzeihen möge.

Dessen Mine aber verriet nichts Gutes, jedoch in seinen Augen blitzte etwas, das ich nicht deuten konnte.

Das Netz mit der ‚Beute' befand sich immer noch in meiner Hand, als er in akzentuiertem Deutsch zu mir sprach: „Wenn iech diech noch

einmal in meinem Garrrten errrwiesche, errrhän-
ge, errrtrrränke und errrschieße iech diech!"

Sein rollendes R gab der Androhung dazu
noch akustisch Gewicht. In meiner Aufregung
und Naivität erkannte ich die Ironie in seinen
Worten nicht, schwor mir insgeheim, nie wieder
diesen Garten zu betreten, und reichte dem
Eigentümer meine Beute hin.

Er aber wies mir mit ausgestrecktem Arm die
Pforte, ohne mir sein Eigentum abzunehmen.
„Geh' nach Hause!", befahl er und „Betrrrete
niecht noch einmal meinen Garrrten!"

Tief betroffen von dieser Gnade, vergaß ich
sogar, mich dafür zu bedanken. Benommen
wankte ich davon.

Unterwegs begegnete ich zwei der Jungen vom
Tag zuvor. Sie sahen, womit ich auf dem Heim-
weg war, und hielten ihre Hände auf. Ich aber
schüttelte nur heftig meinen Kopf. Der Preis für
mein Beutegut war mir zu hoch, um etwas
davon zu verschenken. Enttäuscht zogen sie
weiter.

Um nicht das Opfer einer der Hinrichtungen
zu werden, mied ich künftig diesen begehrli-
chen, jedoch so verhängnisvollen Ort. Allmäh-

lich aber wurde mir auch bewusst, dass nur eine der angedrohten Hinrichtungen genügt hätte, um mein junges Leben zu beenden und ich erkannte, der Mann hatte sich einen Scherz mit mir erlaubt. Es war der Schalk, der aus seinen Augen sprach.

Der Groschen fiel bei mir wieder einmal mit Fallschirm. Wie dem auch sei! Die mit so viel Aufregung erworbenen ‚Klapperäpfel' haben wir drei, hungrig wie wir waren, mit großem Genuss verzehrt.

Nie wieder in meinem Leben, habe ich diese Sorte Apfel, zu Gesicht bekommen, geschweige denn gegessen. Aber jeden Morgen gehört ein knackiges Exemplar dieser Sorte Frucht zu meinem Frühstück, immer noch mit Schale, nun aber geviertelt und befreit von den ‚fünf braunen Bübchen mitsamt ihren Stübchen'.

Ein Häuschen mit fünf Stübchen,
darin wohnen fünf braune Bübchen.
Nicht Tür noch Tor führt ein noch aus,
wer sie besucht verzehrt das Haus.

(Ein Teil der Klapperapfelgeschichte ist in der Anthologie „Wir"
des ehemaligen FDA – Landesverbandes Sachsen Anhalt
erschienen – 2012 im Verlag Glentorf, ISBN 978-3 00.36786-1.
Sie musste wegen Platzmangels gekürzt werden. Im jetzigen Text
wurde sie allerdings wesentlich überarbeitet und ergänzt.)

Sina Blackwood

Apfel mit Made ist schlimm

(mit einer halben schlimmer)

Ein herzhafter Biss,
ein irrer Schrei.
Es ist gewiss:
Ein Leben vorbei.

Die Made ist tot.
Hast sie glatt geteilt.
Siehst dunkelrot,
weil dich Ekel ereilt.

Klebt das Stück am Zahn?
Oder hast du's geschluckt?
Hast keinen Plan.
Hast nicht richtig geguckt.

Der Apfel war rot,
sein Duft okay.
Die Made ist tot.
Der Apfel passé.

Pia van der Smissen

Der Traum vom Apfelbaum

Einmal gab es einen Apfelkern, der wurde
eingepflanzt.
Man pflegt und hegt ihn, dann wird er auf die
Fensterbank verschanzt.
Erst war es sehr dunkel, dann wuchs er heran
zu einem Baum.
Jetzt konnte er aus dem Fenster schauen, was
er sah, glaubt man kaum.

Und er träumte von Frieden, Glück und er
fragte sich manchmal nach der Zukunft.
Dann vertagte er diese Frage und die Vernunft.

Doch dann schaute er lange aus dem Fenster
und dachte:

Sie laufen immer auf der Stelle, kommen nicht
voran.
Wie soll sich denn etwas ändern, wenn alles
bleibt, wie es begann.
Es gibt Leute, die sagen, dies und das sollte
man tun,
doch am Ende machen sie auch nichts als sich
auszuruhen.

Der Apfelbaum sah zu der Familie in den
Raum, sachte:

Und sie sitzen in ihrer warmen Wohnung und
sie tun sich amüsieren,
Während andere sich gerade zu Tode frieren.

Und er träumte von Frieden, Glück und er
fragte sich manchmal nach der Zukunft.
Dann vertagte er diese Frage und die Vernunft.

Doch dann schaute er lange aus dem Fenster
und dachte:

Sie haben viel zu viel zum Essen, es wird nicht
hinterfragt.
Die Welt wird wie vor hundert Jahren noch
von Armut geplagt.
Es gibt Leute, die sagen, lasst uns unser Essen
teil´n,
Doch am Ende können sie die Welt damit auch
nicht heil´n.

Der Apfelbaum sah zu der Familie in den
Raum, sachte:

Und sie sitzen vor reich gedeckten Tischen und
tun danach schlummern,
Während andere sich gerade zu Tode hungern.

Und er träumte von Frieden, Glück und er
fragte sich manchmal nach der Zukunft.
Dann vertagte er diese Frage und die Vernunft.

Doch dann schaute er lange aus dem Fenster
und dachte:

Sie alle führen Kriege, den ganzen Tag und die
Nacht.
Heutzutage geht es immer ums Geld und um
mehr Macht.
Es gibt Leute, die sagen, lasst uns den Krieg
beenden,
doch im Endeffekt liegt es nicht in ihren
Händen.

Der Apfelbaum sah zu der Familie in den
Raum, sachte:

Sie sitzen in Laboren und tun experimentieren,
Während sich gerade andere zu Tode
bombardieren.

Und er träumte von Frieden, Glück und er
fragte sich manchmal nach der Zukunft.
Dann vertagte er diese Frage und die Vernunft.

Doch dann schaute er lange aus dem Fenster
und dachte:

Wie kann man nur in solch einer Welt leben,
frage ich mich.
Diese ganzen Sachen hier gehen mir so gegen
den Strich.
So ging der Baum ein und starb, ganz allein im
Schein vom Teelicht.
Damit kommen wir zum Ende von diesem
Gedicht.

Der Apfelbaum sah in den Raum, das Letzte,
was er dachte:

Die Zeit, die in unseren Händen, schwindet,
Sollte uns nicht vorkommen, wie etwas, das
uns zerstört.
Sondern wie etwas, das uns verbindet.
Bis die Welt sich zu drehen aufhört.

Solange die Gedanken an Frieden existieren,
Müssen wir diese auch stabilisieren.
Für eine neue, andere und vielleicht auch
bessere Welt.
Damit der Gedanke für immer hält.

Pia van der Smissen

Michael Habermann

Der Apfel fällt nicht
weit vom Stamm

Der Apfel fällt nicht weit vom Stamm,
so heißt es eine Ewigkeit lang.
Ob Ringelnatz, Roth oder Busch -
Alle geben dazu schon ihren Tusch.

Der Apfel war, seit eh und je,
ein kostbares Nahrungsmittel, ob zu Land oder
auch See.
Es gibt dabei die tollsten Sorten,
gezüchtet halt an allen Orten.
Nicht Bodensee oder Thüringen allein,
auch von weit weg, muss es heute sein.
Geschmacklich ist er sehr verschieden, ob saftig
süß, fest oder sanft,
der Gaumen wählt, ganz frei ohne Krampf.

Ob Kanzi, Boskopp, Delicius, Gala, Granny
oder Jonagold – sogar Jazz gibt es im Angebot!
Da macht das Essen keine Not.
Ich mag die Sorte Elstar gut,
sie ist zwar nicht hübsch und auch nicht bissig
genug.
Mein Auge freut sich, wenn ich ihn sehe,
und bekomme davon auch wenig Magenwehe.

In meines Vaters altem Garten,
standen auch viele Apfelsorten.
Ein Bäumchen war da auch dabei,
das trug stets reichlich, doch: oh wei!
Es hieß Jakob Lebel, unverdrossen,
welchen wir Jahr für Jahr genießen mussten.
Er war ziemlich sauer, wer das nicht weiß,
aber manchmal schadet nicht so ein Reis.
Da lernte man schon ganz früh die Erfahrung,
die Wirkung des Bisses in solch eine Nahrung.

Der Volksmund besagt, dass die süßesten
Früchtchen
ganz oben hängen sollen, das weiß jedes
Füchschen.
Doch wie diese wiederum auf den Magen
schlagen,
weiß bis heute auch keiner echt zu sagen.
Da führe ich lieber einen Elstar zum Mund.
Der ist preiswert, schmeckt und ist auch noch
gesund.
Denn die haben Biss und geben Kraft,
und damit hat man gut sein Tagwerk geschafft.

Es müssen nicht immer ‚die Besten' sein:
gewaschen, gelackt und sonst wie sein.
Ein Fleck auf der Rinde, vielleicht auch ein
Wurm ...
Mit Fehlern lebt es sich schöner, auch wenn es
Mühe macht (mit dem Wurm).
Drum Leute, baut und pflanzt nicht nur nach
Linie und Winkel.
Die Natur will leben, selbst im abgelegensten
Winkel.

Daniela B. Krug

Wie Apfelblüten auch
Frost überstehen
können

Im Frühjahr, wenn die Apfelbäume blühen und es plötzlich Kälteeinbrüche gibt, gefriert auf den Apfelblüten der gefallene Schneeregen zu glasklarem Eis, wunderschönem Eis.

Wenn die Temperaturen wieder steigen, tauen die gefrorenen durchsichtigen Apfelblüten wieder auf und die Blüten entfalten sich zu wunderbaren Apfelblüten, die dann bestäubt werden können von fleißigen Bienen, Hummeln und anderen Insekten. Die niedlichen Tierchen haben dann wieder viel Arbeit.

Die Apfelblüten haben ihre Fruchtbarkeit unter der Eisschicht nicht verloren und es können fruchtige Äpfel entstehen. Dieses ungewöhnliche Phänomen wird im Obstbau bei der sogenannten Frostschutzberegnung genutzt.

Das gefrierende Wasser setzt auf den Pflanzen Kristallisationswärme frei, die ausreicht, um Blüten und auch Blätter der Apfelbäume vor Frostschäden zu bewahren.

Enno-Jörg Wetzel

Im Paradies

Eines Abends im April, ich war gerade dabei, die nächste Woche zu planen, überraschte mich meine Garten-Göttin mit einem Stapel Flyer, den sie auf einer Infoveranstaltung aufgesammelt hatte. Effektive Mikroorganismen seien das Gebot der Stunde, wurde ich informiert. Alles würde viel besser wachsen und kein fortschrittlicher Gärtner käme mehr daran vorbei. Es folgten eine ganze Reihe ausführlicher Informationen, an deren Inhalt ich mich nicht mehr erinnern kann, außer dass diese Sache irgendwie Bokashi heißt. Da es ohnehin aussichtslos gewesen wäre, ihr dieses Anliegen auszureden, stimmte ich allen Aktivitäten zu und widmete mich weiter meiner Wochenplanung.

Bei einem Spaziergang durch unseren Garten im Mai entdeckte ich unweit unserer Terrasse eine ausrangierte Regentonne, die notdürftig mit einer Plane abgedeckt war. Als ich um Aufklärung bat, sagte sie: „Na, das ist unser Bokashi. Darüber hatten wir doch gesprochen."

„Ach so?", murmelte ich und begann die Neuerung zu untersuchen. Beim Nähertreten schlug mir ein Geruch wie aus der Büchse der Pandora entgegen. Ich ließ ab.

Beim Abendbrot griff ich das Thema noch einmal gefühlvoll auf. Ob es denn wirklich notwendig sei, so eine Stinkbombe in Reichweite unserer Terrasse zu platzieren. Sie könne sich das auch nicht erklären, meinte sie. „Eigentlich ist der Bokashi geruchsneutral. Und ich habe ihn ja auch luftdicht verschlossen."

Aha, dazu also die notdürftige Abdeckung mit Folie.

„Es gibt auch eigens Behälter dafür zu kaufen, doch die sind teuer. Aber da es dich so stört, werde ich sie jetzt bestellen."

Damit war der Frieden erstmal wieder hergestellt und das Thema verschwand für mich in der Versenkung.

Bei der Apfelernte im Herbst freute ich mich über auffallend große und schöne Früchte. Ich lobte ihr gärtnerisches Händchen und erfuhr:

„Das kommt durch unseren Bokashi."

Diesmal hatte ich es nicht vergessen und meinte:

„Ja, ja wir hatten darüber gesprochen."

„Ich habe den Baum damit gedüngt und es funktioniert wunderbar", sagte sie.

„Wo hast du den Behälter denn jetzt versteckt?", wollte ich wissen. „Ich habe doch gar nichts mehr gerochen."

„Den gibt es schon lange nicht mehr. Dafür zwei professionelle mit Dichtungen. Damit wir uns in unserem kleinen Paradies auch weiterhin gut riechen können", meinte sie, griff in den Korb nach dem größten und schönsten der Äpfel und reichte ihn mir.

.

Matthias Albrecht

Der Apfelkrieg von Avalon

König Artus war gestorben. Zumindest der offiziellen Verlautbarung nach. Er erlag seinen schweren Verletzungen in der Schlacht von Camlann, nachdem es ihm noch gelungen war, seinen Neffen Mordred, welcher ihn schmählich hintergangen hatte, im Zweikampf zu töten. So glaubte es das Volk. In Wahrheit befand sich der König – noch nicht tot, aber auch kaum mehr lebendig – auf Avalon, einer geheimnisumwitterten Insel, auf welche nur Auserwählte mittels einer Barke gelangen konnten.

Morgana, die Herrscherin über Avalon und Halbschwester des Königs, pflegte Artus zusammen mit ihrer Schwesternschaft unter Aufbietung all ihrer magischen Kräfte; es gelang ihnen indes nicht, ihn wieder zu Bewusstsein zu bringen. Und nach vierundachtzig Jahren beobachtete man zunehmend eine Verschlechterung des Zustands des Königs. In ihrer Not rief Morgana den großen Zauberer Merlin an. Natürlich bediente sie sich dabei keines Handys oder sonstwie gearteten Telefons – die waren damals noch nicht erfunden. Sie rief ihn an, indem sie sich in Trance versetzte und ihre telepathischen Kräfte bündelte.

Merlin riet ihr, die Heilkräfte der alten keltischen Apfelsorten zu nutzen, und zählte diese auf. Es waren ein halbes Dutzend. Davon existierten noch zwei auf Avalon. Allerdings ließe es die Zeit nicht zu, diese Sorten aufwändig nach zu züchten. Artus konnte bereits in wenigen Wochen das Zeitliche segnen, und so müsste man auf die Menge zurückgreifen, die gerade auf der Insel vorhanden war. Die fehlenden vier würde er, Merlin, beschaffen.

Die vier Bäume der Sorte anima mea (Seele) brachten zweiundachtzig und die fünf Bäume der Sorte viribus (Stärke) siebenundneunzig Äpfel – mehr als ausreichend also. Indes ging es nicht um die Menge an sich. Die Sorten mussten in einem gewissen Mischungsverhältnis stehen, einer besonderen Behandlung unterzogen und dem König zu einer bestimmten Zeit verabreicht werden. Nur dann wäre es möglich, Artus ins Leben zurückzurufen. Doch Merlin versprach nichts. Selbst ihm war das Rezept nicht in allen Einzelheiten bekannt. Die Priesterinnen müssten selbst experimentieren und hoffen, auf die richtige Mixtur zu stoßen.

Als Merlin die fehlenden vier Sorten Impetu (Kraft), Magnitudine (Größe), Vita (Leben) und Reditus (Rückkehr) in vier größeren Barken geliefert hatte, stürzten sich die Priesterinnen auf die Arbeit. Dabei gab es oft Streit über die richtige Verfahrensweise, die Zaubersprüche und das Mischungsverhältnis. Ein regelrechter Kampf entbrannte, der sich schnell zum Krieg ausweitete. Die Schwestern warfen sich gegenseitig Beleidigungen an den Kopf; eine unterstellte der anderen, Material, sprich Äpfel, zu vergeuden und mit ihrer Sturheit das Projekt zu gefährden. Schließlich artete das Ganze in Handgreiflichkeiten aus.

Morgana erkannte nun, dass die Experimentiererei als Gemeinschaftsprojekt nicht von Erfolg gekrönt sein würde; gar zu unterschiedlich waren die Ansichten und Auffassungen der einzelnen Priesterinnen. So lobte sie einen Preis aus, dem keine ihrer Schwestern zu widerstehen vermochte und der jegliche Gruppenarbeit ausschloss: Wer es fertig brachte, Artus ins Leben zurückzubringen, sollte Hohepriesterin werden und Morgana noch zu Lebzeiten als solche ablösen dürfen! Wow! Eine solche Aussicht auf

Beförderung war auf Avalon noch nie gestellt worden. Es nahm nicht Wunder, dass die Schwestern wie paralysiert wirkten, als sie Morganas Worte vernahmen. Zwei fielen gar in Ohnmacht.

In den nächsten Tagen wurde auf Teufel komm raus im stillen Kämmerlein experimentiert. Alle Priesterinnen hatten die gleiche Menge an Äpfeln der verschiedenen Sorten erhalten. Sie zogen sich in ihre Kemenaten zurück und ließen sich von Leibeigenen bewachen, denen sie Freiheit und Wohlstand versprachen, sofern sie siegten. Klar, dass nun die Diener der jeweiligen Priesterin ein besonderes Augenmerk auf den Schutz ihrer Herrin hatten und niemanden in deren Nähe ließen, konnte es doch ein Spion, respektive eine Spionin, sein.

Morgana hatte zur Bedingung gemacht, dass von jedem Elixier, das die Schwestern gebraut hatten, ihr ein Fläschchen zur Verwahrung gegeben wurde, auf dem der Name der jeweiligen Priesterin stand. Unter Zeugen wurden nach der Verabreichung an Artus auch Datum, Uhrzeit und Reaktion des Königs auf dem Etikett notiert. Damit war sichergestellt, dass Erfolg oder Misserfolg der jeweiligen Schwester zugeordnet werden konnten und im Nachhinein Streitereien ausgeschlossen waren. Vier Tage nach Beginn des Experimentierens hielten drei Schwestern die erste Probe ihres Elixiers in den Händen, bereit, es ab Mitternacht dem komatösen Artus zu verabreichen. Dafür kamen nur drei Zeiten infrage: Mitternacht, ein Uhr und drei Uhr. Jeweils genau zur vollen Stunde. Edana, das „Kleine Feuer", war die Erste, die es versuchen durfte. Im vollbesetzten Saal herrschte gespannte Stille. Genau um Mitternacht flößte sie dem mit bleichem Antlitz auf seiner Schlafstatt ruhenden König ein paar Tropfen ihres gegorenen Apfelelixiers ein. Fünf Minuten später sollte eine Reaktion erfolgen, doch – es geschah nichts. Enttäuscht wandte sich Edana ab und ging, um weiter zu experimentieren. Ein Uhr kam Róisin an die Reihe. Edana hatte sich wieder eingefunden, um zu sehen, ob ihre Schwester „Kleine Rose" Erfolg hatte.

„Da! Da! Habt ihr gesehen?", rief Róisin, nachdem fünf Minuten verstrichen waren. „Er hat die linke Augenbraue bewegt!"

Doch niemand hatte es bemerkt. Der König lag still und stumm wie eh und je. Hatte es sich Róisin nur eingebildet? Nachdem Minuten bangen Wartens verstrichen waren, glaubte sie selbst daran. Artus gab nicht das kleinste Zeichen von sich, dass ihn der Trank beeindruckt hatte. Die Anwesenden zerstreuten sich. In zwei Stunden hatte Meallá ihren großen Auftritt. Da wollte man sich abermals einfinden.

Eine Viertelstunde vor drei Uhr waren alle wieder im Saal. Zehn Minuten später erschien Meallá (der Blitz) und schwebte leichtfüßig durch die Menge der Zuschauer, die ihr ein Spalier gebildet hatten, und die sich, kaum dass die Priesterin vorübergegangen war, die Nasen zuhielten. Was für ein fürchterlicher Gestank! Kam er etwa aus Meallás Kelch? Wenn der König davon nicht wach wurde, war er wohl rettungslos verloren.

Punkt drei Uhr verabreichte Meallá dem König, der sich leider nicht dagegen wehren konnte, das fürchterliche Gebräu. Alles hielt gespannt den Atem an. Die fünf Minuten Karenzzeit waren noch nicht um, da öffnete der König die Augen. Die Menge bebte. Hier und dort leise Rufe des Erstaunens. Zehn Sekunden später öffnete Artus den Mund, während die Blässe aus seinem Gesicht wich. Einer der Leibwächter am Bett des Königs fiel in Ohnmacht. Mit ohrenbetäubendem Scheppern schlug er in seiner Rüstung auf den Marmorplatten auf. Die Anwesenden schrien auf. Artus indes zuckte nicht mal mit den Wimpern. Sein Blick war starr an die Balkendecke des Saals gerichtet. Er hob langsam den Oberkörper etwas an, öffnete den Mund noch etwas weiter und dann – ließ er einen Ton hören, der einem Hirsch während der Brunft zur Ehre gereicht hätte. Unmittelbar darauf schloss er Augen und Mund und fiel auf sein Lager zurück.

Bis zum Morgengrauen wartete die Menge im Saal auf ein weiteres Lebenszeichen des Königs, doch es tat sich nichts mehr in dieser Beziehung. Starr und bleich lag er wie eh und je.

Zwei Nächte später bekamen wieder drei Priesterinnen ihre Chance: Agrona, Arely und Siobhán – der Kampf, das Versprechen und die Anmutige. Agronas Elixier roch stechend scharf, sodass Morgana befürchtete, der König könnte nach der Verabreichung ernsthaft Schaden nehmen. Tatsächlich sah es fünf Minuten nach Mitternacht so aus, als träfen die Bedenken der Hohepriesterin zu. Artus' rechtes Bein schnellte, wie von einer Spiralfeder getrieben, in die Höhe. Die schwere Bettdecke flog davon. Dann krachte das gestreckte Bein wieder auf die Bettstatt. Das ging etliche Male so fort. Dazu heulte Artus wie ein Wolf: „Ahwahuuu. Ahuuuuu. Brrrrr."

Die Menge stand wie paralysiert. Entsetzen und Furcht auf den Gesichtern. Von der Leibwache in der Nähe der Lagerstatt fiel niemand mehr in Ohnmacht, doch die Soldaten rückten nun etwas weg vom Bett, als befürchteten sie, der König könnte sich im nächsten Augenblick auf sie stürzen.

Dann war es vorbei, und Artus lag wieder ruhig da. Arely hatte eine Stunde später den gleichen Erfolg wie ihre Schwester Edana – der König zeigte keinerlei Reaktion. Und fünf Minuten nach drei Uhr erzielte Siobhán, die Anmutige, eine seltsame Reaktion bei Artus, über die hier und da sogar Gelächter aufbranden wollte: Artus setzte sich im Bett auf, hob die Augenlider zur Hälfte und begann, den Kopf etwas zur

Seite geneigt, mit den Ohren zu wackeln. Das an sich war grotesk genug, doch brachte es Artus darin zu einer wahren Meisterschaft, denn seine Ohren bewegten sich schneller und schneller. Es klang, als flatterten Fahnen im Wind und wenn seine Ohren so groß gewesen wären, wie die eines Elefanten, hätte er sich wohl in die Lüfte erhoben.

Das Ganze dauerte geschlagene zwei Minuten, dann sank der König erschöpft aufs Bett zurück und rührte sich nicht mehr.

Die Priesterinnen waren der Verzweiflung nahe, allen voran Morgana. Wenn die letzten drei Schwestern nicht mehr Erfolg hatten, musste man den König wohl verloren geben. Die nächste Nacht würde also über Wohl oder Wehe Englands entscheiden!

Wieder war ganz Avalon im Königssaal versammelt, wieder waren alle gespannt, was Artus wohl diesmal veranstalten würde. Zehn Minuten vor Mitternacht erschien Nathaira mit ihrem Kelch. Sie trug ihren Namen zu Recht, denn sie bewegte sich geschmeidig wie eine Schlange zu Artus' Bettstatt hin, umrundete diese drei Mal und murmelte dabei Beschwörungsformeln.

Dann, als die Zeit heran war, träufelte sie Artus ihren Trank zwischen die Lippen. Die Menge verhielt den Atem. Was würde geschehen?

Es dauerte nur wenige Sekunden, da saß Artus mit weit geöffneten Augen aufrecht im Bett. Die Worte, die aus seinem Mund strömten, konnte man zunächst noch verstehen, wenngleich ihr Sinn nebulös blieb.

„Wer mit Hunden zu Bette geht, steht mit Flöhen wieder auf! Ahuuuuuu – Brrrrr …" Dann sprach er schneller und schneller, es sprudelte regelrecht aus ihm heraus, wobei seine Stimmlage vom tiefen Bass in einen piepsenden Tenor mündete.

„WendedeinGesichtderSonnezuunddeinenRückendemsturm – Ahuuuuu – Brrrrr …"

Plötzlich verstummte er, streckte die Zunge heraus, zeigte den Anwesenden den gestreckten Mittelfinger seiner rechten Hand und – sank wieder dahin, um sich fortan nicht mehr zu bewegen.

Machara, die Schlichte, hatte eine Stunde später leider keinen Erfolg mit ihrem Trank. Der König gab kein Lebenszeichen von sich.

Nun ruhte alle Hoffnung auf Catriona, der Reinen, doch sie ließ sich nicht blicken. Selbst als die Glocke drei Uhr schlug, glänzte sie mit Abwesenheit. Sie hatte allen Versuchen ihrer Schwestern, den König ins Leben zu rufen, beigewohnt. Doch nun, da sie als Letzte selbst an die Reihe kommen sollte, fehlte sie. Morgana kochte vor Wut. Hatte Catriona kalte Füße bekommen? Vertraute sie ihrem Trank nicht? Die Hohepriesterin beschloss, sie am Tage zur Rede zu stellen. Jetzt war sie zu aufgebracht, um bei einem zu erwartenden Streitgespräch die Beherrschung wahren zu können.

Gegen Mittag bestellte Morgana die Schwester zu sich. Catriona erschien nicht etwa gesenkten Kopfes, wie man es hätte erwarten können. Sie ging selbstbewusst auf Morgana zu und sagte, bevor diese etwas äußern konnte: „Ich weiß, warum du mich zu dir rufen ließest. Es tut mir leid, dass ich nicht zur Stelle war, doch hätte mein Trank nichts bewirkt."

„Was macht dich so sicher?", knurrte Morgana. „Du hättest dich ja zumindest sehen lassen können."

„Das hätte ich auch, doch ich war in Trance."

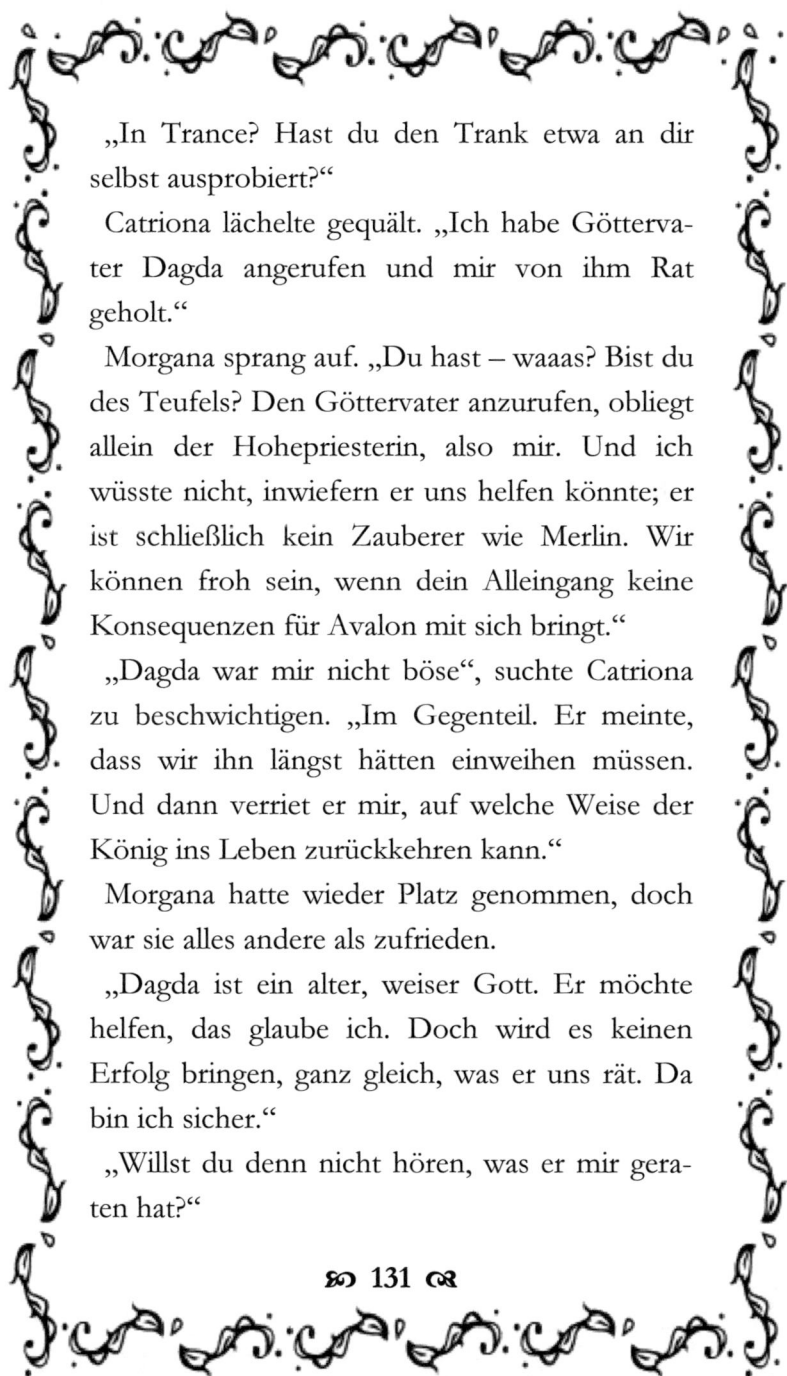

„In Trance? Hast du den Trank etwa an dir selbst ausprobiert?"

Catriona lächelte gequält. „Ich habe Göttervater Dagda angerufen und mir von ihm Rat geholt."

Morgana sprang auf. „Du hast – waaas? Bist du des Teufels? Den Göttervater anzurufen, obliegt allein der Hohepriesterin, also mir. Und ich wüsste nicht, inwiefern er uns helfen könnte; er ist schließlich kein Zauberer wie Merlin. Wir können froh sein, wenn dein Alleingang keine Konsequenzen für Avalon mit sich bringt."

„Dagda war mir nicht böse", suchte Catriona zu beschwichtigen. „Im Gegenteil. Er meinte, dass wir ihn längst hätten einweihen müssen. Und dann verriet er mir, auf welche Weise der König ins Leben zurückkehren kann."

Morgana hatte wieder Platz genommen, doch war sie alles andere als zufrieden.

„Dagda ist ein alter, weiser Gott. Er möchte helfen, das glaube ich. Doch wird es keinen Erfolg bringen, ganz gleich, was er uns rät. Da bin ich sicher."

„Willst du denn nicht hören, was er mir geraten hat?"

Morgana seufzte. „Doch, natürlich. Sprich!"

„Dagda meint, dass wir von jedem Elixier, auch von denen, welche keinen Erfolg mit sich brachten, fünf Tropfen in einen Kelch geben und das Ganze gut verrühren müssten. Dann muss es dem König eingeflößt werden. Kein Tropfen darf übrigbleiben."

„Ich fürchte, damit töten wir ihn vollends. Du selbst hast dein Elixier ja noch gar nicht am König getestet."

„Das spielt, so meint jedenfalls der Göttervater, keine Rolle."

Morgana verzog den Mund. „Ja, das glaube ich. Wir könnten ihm dann genauso gut Brunnenwasser verabreichen."

„Du willst es also nicht versuchen?" Catrionas Stimme klang enttäuscht. „Vielleicht ist es die einzige Rettung. Uns bleibt nicht mehr viel Zeit."

Morgana schüttelte leise den Kopf. „Ich weiß nicht – die Chancen stehen gar nicht gut. Ich werde noch einmal Merlin um Rat fragen. Wenn er Dagda zustimmt, bleibt die Verantwortung wenigstens nicht an mir allein kleben." Sie sah auf. „Du kannst jetzt gehen, Catriona. Aber vorerst zu niemandem ein Wort!"

Die Schwester versprach es und entfernte sich. Merlin bekam einen Lachkrampf, als ihm Morgana telepathisch vom Vorschlag Dagdas berichtete. Dann wurde er urplötzlich ernst. „Gut", sagte er. „Er stirbt ja so oder so. Versucht es immerhin. Schaden könnt ihr damit nicht mehr anrichten. Ich würde allerdings niemandem …" In diesem Moment brach die Verbindung ab, doch Morgana glaubte zu wissen, was ihr Merlin noch mit auf den Weg hatte geben wollen. Sie war ebenfalls daran interessiert, dass es niemand erfuhr. Es hätte zu sehr nach Ohnmacht und Aktionismus geklungen. Morgana begab sich zu Catriona und schärfte ihr ein, ja niemandem zu verraten, was ihr der Göttervater gesagt hatte. Sie sollte um Mitternacht dem König ihr eigenes Elixier verabreichen. So die offizielle Version. Dass in dem Trank je fünf Tropfen aus den archivierten Fläschchen der Schwesternschaft schwammen, musste ihr Geheimnis bleiben. Ging das Experiment schief, wäre Catriona nur eine von vielen, die es versucht hatten. Ging es wider Erwarten gut aus, konnte ihr niemand das

Amt der Hohepriesterin streitig machen, denn die Schwestern würden Catriona nicht als Oberhaupt anerkennen, wüssten sie, dass die Elixiere der gesamten Schwesternschaft im Trank geschlummert hatten. Nur unter dieser Bedingung wäre Morgana geneigt, es zu versuchen. Catriona versprach es. Es blieb ihr ja auch nichts übrig.

Kurz vor Mitternacht erklärte Morgana den im Saal Versammelten, dass Catriona erst heute mit dem Brauen ihres Elixiers fertig geworden war. Und sie bat im selben Atemzug um Verständnis, wenn das Elixier nicht den Erfolg zeitigte, den alle mit Sehnsucht erwarteten. Schließlich habe man alles versucht, was möglich war. Da sollte man Rücksicht üben.

Die Anwesenden teilten sich in verschiedene Lager. Während die einen resigniert und erwartungslos zu Boden schauten, rangen andere verzweifelt die Hände und hoben ihren Blick zur Kuppel empor, als sendeten sie Stoßgebete gen Himmel. Wieder andere tuschelten miteinander und schüttelten lächelnd die Köpfe. Sie waren – wie Erstgenannte – vom Glauben abgefallen.

Citriona schritt mit ihrem Kelch durch die Menge; man sah es ihr an, unter welch ungeheurer Anspannung sie stand. Sie erreichte die Schlafstatt des Königs zwei Minuten vor Mitternacht. Jeder, der schon einmal auf einem Zahnarztstuhl malträtiert worden war, weiß, wie sich zwei Minuten in die Länge dehnen können. Nach Citrionas Zeitempfinden harrte sie an die zehn Minuten aus, bis es Mitternacht schlug.

Jetzt galt es! Jetzt durften ihre Hände nicht zittern. Kein Tropfen sollte verschüttet werden.

Und – sie schaffte es. Der König hatte das Elixier vollständig zu sich genommen. Citriona trat zurück. Ihr Herz klopfte wild in ihrer Brust. Aller Augen waren auf Artus gerichtet. Minute um Minute verstrich. Drei – vier – fünf … Nichts geschah. Artus lag wie immer auf seiner Schlafstatt. Bleich, ruhig, ohne Bewegung. Weitere fünf Minuten verstrichen. Und noch einmal fünf. Nach einer halben Stunde löste Morgana schweren Herzens die Versammlung auf. Sie bedankte sich bei allen, die mitgeholfen hatten, ein Wunder wahrzumachen, das sich nun doch nicht mehr einstellen würde. Insbesondere bedachte sie ihre Schwesternschaft mit Danksagungen. Citriona stand, den leeren Kelch in den Händen, noch immer unbeweglich in der Nähe der Lagerstatt des Königs. Vorbei, dachte sie. Alles vorbei. Und umsonst. Längst hatte man bemerkt, dass Artus' Atem immer flacher wurde. Es konnte sich nur noch um Minuten handeln, bis er für immer von dieser Welt Abschied nahm. Sie beschloss, bei ihm zu wachen. Die ganze Nacht hindurch, wenn es sein musste.

Die ersten Anwesenden verließen gerade den Saal, als ein alles durchdringender Schrei gellte. Citriona hatte ihn ausgestoßen. Die Köpfe fuhren herum. Artus stand mit starrem Blick neben seinem Bett. Er heulte wie ein Wolf, streckte das rechte Bein nach vorn, tat einen Schritt, wackelte mit den Ohren und befahl: „Meine Rüstung! Legt mir meine Rüstung an und gürtet mir mein Schwert!" Die Leibgarde beeilte sich, seinem Befehl Folge zu leisten. „Ahuuuuuuu – Brrrrrr …", jaulte Artus, als man ihn angekleidet hatte. Die Leute im Saal starrten ihn mit offenen Mündern und großen Augen an. Und die, welche sich gerade zum Gehen gewendet hatten, kehrten zurück.

„Die Tafelrunde!", schrie Artus. „Ahuuu! Wo sind die Ritter meiner Tafelrunde? Lancelot, Gawain, Parzival, Gareth, Kay und all die anderen …"

Morgana trat bebend näher. „Artus, ich muss dir leider sagen – sie sind nicht mehr!"

„Sind nicht mehr? Ihr meint, sie sind bereits gegangen? Aber sie waren doch gerade noch …"

„Sie weilen nicht mehr unter uns. Du hast sehr lange – geschlafen, weißt du?"

Er sah Morgana ins Gesicht, als müsse er sich besinnen, wer sie sei.

„Morgana? Bist du es? Brrrrr …"

„Ja Artus."

„Du siehst so – so …"

„So alt aus?"

„Eh – ja …" In Artus Gesicht stand grenzenloses Staunen geschrieben. Dann schaute er nach unten.

„Das – das ist nicht mein Schwert! Wo ist Excalibur?"

„Die Herrin vom See hat es wieder zu sich genommen."

„Waaas? Wer gab es ihr?"

„Bedivere."

„Mein treuester Kampfgefährte? Du lügst!“

„Er glaubte, du wärest tot. Und das Schwert durfte nicht in falsche Hände gelangen, da hat er eben …“

„Oh mein Gott!“, stöhnte Artus und setzte sich auf seine Bettstatt, dass es krachte. „Also sind alle, alle tot? Brrrr …“

„Der letzte Ritter starb vor sieben Jahren fern von Avalon.“

„Wer war es?“

„Dein Vetter Bors.“

Artus sagte nichts. Er starrte vor sich hin. Niemand wagte es, ihn dabei zu stören.

„Warum habt ihr mich erweckt? Was soll ich leben, wenn alle anderen nicht mehr sind?“

„Du musst England erretten, wenn es soweit ist.“

„Erretten? Wovor?“

„Ich weiß es nicht genau. Niemand weiß es. Doch England droht Gefahr in Zukunft. Soviel ist sicher.“

„Welche Gefahr, ahuuuuu – brrrrr?“

„Die Zukunft ist recht nebulös. Sogar für uns Hellseherinnen. Doch geht es wohl um Gleichmacherei. Die Länder, die England umgeben, werden zusammengeführt zu einer großen Union. Und der neue König dieses riesigen Reichs sitzt in einem kleinen Land in der Nähe von Frankreich. Belgium heißt es wohl. Er bestimmt, welche Abgaben England zahlen muss, die in einen großen Topf fließen, aus dem dann Gelder an arme Länder gezahlt werden, die auch zu diesem neuen Reich gehören und mit durchgeschleppt werden sollen. Und dann bestimmt Belgium noch, was in England zu geschehen hat und was nicht."

„Was zu geschehen hat – und was nicht?"

„England darf keine eigenen Münzen mehr prägen. Es darf keine Turniere mehr austragen. Keine Leibeigenen besitzen. Keine Brandrodungen durchführen. Keine kriegerischen Auseinandersetzungen betreiben. Die Jagd wird reglementiert. Die Einfuhr und Ausfuhr von Waren. Die Schrift. Das Wort. Die Strohhalme aus alternativem Material werden verboten. Und die Glühbirnen …"

„Die Glühbirnen?"

„Ich weiß selbst nicht, was das sein soll. Sie machen wohl Licht im Dunklen."

„Licht? Was für Licht? Wie die Sonne etwa?"

„Wie eine kleine Sonne, ja. In jedem Haus."

„Halt ein!" Artus hielt sich die Ohren zu. „Das ist fürchterlich, ahuuuuu – Brrrrr …"

„Es ist nur ein Bruchteil dessen, was geschehen wird. Vieles kann man nicht vorhersehen. Aber – es wird verheerend sein!"

Artus sah auf. Sein Blick war fast flehend.

„Wann wird das sein? Wann muss ich England erretten?"

„Es wird noch Jahrhunderte dauern."

Artus sackte in sich zusammen. „Dann werde ich nicht mehr da sein. Schon in nicht allzu langer Zeit …"

„Wer auf Avalon bleibt, altert nicht. Er lebt sehr, sehr lange. Fast ewiglich. Nur wenn er von hier fortgeht und nicht wiederkommt, wird er sterblich wie ein normaler Mensch."

„Hierbleiben?", fragte Artus mit einem Anflug von Entsetzen. „Jahrhunderte? Brrrrr …"

„Du kennst Avalon noch nicht", lächelte Morgana. „Es verändert für jeden täglich sein Gesicht. Je nachdem, wie man es sich wünscht. Die Jahrhunderte werden dir vorkommen wie ein paar Jahre."

Artus erhob sich und blickte entschlossen geradeaus. „Dann soll es wohl so sein! Ich werde mein Möglichstes tun. Und du und die Schwesternschaft müssen all ihr Können beweisen, in dieser Zeit noch mehr über diese schreckliche Zukunft Englands herauszufinden."

„Wir werden tun, was wir können!", versprach Morgana.

Artus zog das Schwert, streckte es kampfeslustig in die Höhe und schrie: „Ahuuuuu – Brrrrrr, so lasset uns England retten!" Er blickte sich um. „Und nun zeige mir meine Gemächer. Wo ist der Ahuuuu – Brrrrrrexit?"

„Der – was?"

„Der Ausgang."

Morgana lächelte.

„Deine Gemächer wird dir Citriona zeigen, so du einverstanden bist. In ein paar Monden ist sie die neue Hohepriesterin."

Ein Raunen ging durch den Saal. Zu applaudieren wagte man nicht, doch Citriona sah die Augen aller Anwesenden und selbst die ihrer Schwestern zustimmend auf sich gerichtet. Artus hob die Brauen, betrachtete Citriona mit verwunderten, doch wohlgefälligen Blicken – und stellte keine weiteren Fragen.

Morgana nickte Citriona aufmunternd zu. Diese atmete tief und glücklich durch. „Folget mir, mein König!", sagte sie und ging voran.

Artus folgte. Und durch den Saal wehte ein leiser, frischer Wind. Und ein Hauch von Hoffnung.

Iris Fritzsche

Schneewittchen - die wahre Geschichte

Das Mädchen hieß in der Wirklichkeit Anna und war die Tochter eines Großbauern. Schon in den ersten Minuten ihres jungen Lebens begannen ihre Probleme. Es war eine schwere Geburt. Ihre Mutter lag lange in den Wehen und nachdem Anna geboren war, bekam sie hohes Fieber, von dem sie sich nicht mehr erholte.

Anna selbst war ein schwächliches Baby mit sehr heller Haut. Ihr Vater liebte sie trotz allem sehr. Damit er sie nicht auch noch verlor, wurde schnellstens eine Amme besorgt. Anna wuchs heran. Kein Kind hatte eine so helle, fast weiße Haut wie sie. Im krassen Gegensatz dazu standen ihre schwarzen Haare. Ihre Besonderheit hielt sie aber nicht davon ab mit den Kindern der Knechte und Mägde des Gutes zu spielen. Gemeinsam kletterten sie auf Bäume oder heckten Streiche aus.

Ihr Vater war sehr froh, dass Anna so ein lebenslustiges Kind war. Deshalb nahm er ihr auch all die Neckereien nicht übel. Nicht einmal als sie ihm im Schlaf einen Blumenkranz aufsetzte und Käfer ins Bett streute, schimpfte er mit ihr. Auch ihre alte Amme freute sich über das fröhliche Kind, welches aus dem zarten kleinen Würmchen geworden war. Doch inzwischen waren auch ihre Tage gezählt. Aber weil der Vater ihr so dankbar war, durfte sie weiter auf dem Gut wohnen. Sie bekam ein Zimmer mit großen Fenstern. Von dort aus sah sie hinunter auf den Hof und beobachtete, wie Anna heranwuchs. Mittlerweile war das Mädchen 12 Jahre alt und ihr Vater hielt auf den umliegenden Gütern Ausschau nach einer neuen Frau für sich. Es dauerte auch nicht lange, bis er eine, seiner Meinung nach, passende Kandidatin fand. Sie hatte zwar einen etwas spröden Charakter und war eitel, aber er meinte, sie wäre trotzdem die Richtige. Er brauchte eine neue Frau auf dem Gut. Und auch Anna sollte wieder eine Mutter haben. Es dauerte nicht lange und die Neue zog ein. Bald darauf wurde geheiratet. Für Anna änderte sich dadurch vieles. Sie durfte plötzlich nicht mehr mit den Kindern der Angestellten spielen, nicht mehr auf Bäume klettern oder gar am Abend zum Geschichtenerzählen in die Gesindestube. Ihre Stiefmutter war der Meinung, das gehöre sich nicht für die Tochter des Gutsbesitzers. All diese neuen Vorschriften machten Anna sehr traurig. Deshalb schlich sie manchmal am Abend heimlich hinunter. Wie nicht anders zu erwarten, erwischte sie ihre Stiefmutter natürlich dabei. Zur Strafe wurde Anna in ihrem Zimmer eingeschlossen und durfte nur zu den Mahlzeiten herauskommen. Ihr Vater bemerkte zwar die Veränderungen seiner Tochter, hoffte aber, dass sich das mit der Zeit schon geben würde. Doch es wurde sogar noch heftiger. Nach einigen Wochen war ihre Stiefmutter der Meinung, die häusliche Erziehung samt Hauslehrer wären nicht mehr ausreichend. Um das Mädchen für später vorzubereiten, sollte sie auf eine Klosterschule geschickt werden. Anna weinte und bettelte. Sie wollte nicht fort von zu Hause und ihren Freunden. Doch nichts half. Schon am nächsten Tag hatte die Stiefmutter ihre Sachen gepackt und setzte das Mädchen in die Kutsche. Anna war hilflos. Auch ihr Vater half ihr nicht. Den hatte die neue Frau schon so weit auf ihre Seite gezogen, dass er sich nicht traute, ihr Urteil anzufechten. Der Kutscher, ebenfalls jemand vom Hof, bedauerte Anna. Gleich nach dem Frühstück fuhren sie los. Eine tieftraurige Anna mit hängendem Kopf war der einzige Fahrgast. Der Kutscher gab den

Pferden ein Zeichen. Mit schnellem Tempo verließen sie den Hof, bis sie im Wald verschwunden waren. Nun konnte die Stiefmutter sie nicht mehr sehen. Das nutzte der Kutscher, um anzuhalten. Er öffnete die Tür der Kutsche. Grinsend steckte er den Kopf herein. „So, hier ist Endstation", meinte er. „Oder dachtest du etwa, ich würde dich tatsächlich in dieses Kloster bringen? Leider kannst du jetzt nicht mehr zurück nach Hause. Erinnerst du dich noch an die Hütte im Wald, wo du mit den anderen immer gespielt hast? Lauf dort hin. Deine Freunde haben dort etwas vorbereitet."

Anna war verblüfft. Damit hatte sie nicht gerechnet. So schnell sie konnte, lief sie los. Den Weg hatte sie noch genau im Kopf. Sie war ihren Freunden sehr dankbar für diese Hilfe. In der Hütte angekommen, fand sie dort mehrere Betten, ausreichend Verpflegung und eine große Kiste mit ihren Sachen vor. Von dem schnellen Lauf und der ganzen Aufregung erschöpft ließ sie sich auf eines der Betten fallen. Kaum hatte ihr Kopf das Kissen berührt, war sie auch schon eingeschlafen. Beim Erwachen standen mehrere ihrer Freunde um das Bett herum und freuten sich über die gelungene Flucht. Leider konnten sie nicht lange bleiben, ihr Fehlen wäre auf dem Gut aufgefallen. Doch jeden Tag ließ sich jemand von ihnen bei Anna sehen. Das Mädchen lebte zwar allein in der Hütte, war aber sehr glücklich. Trotzdem machte sie sich Gedanken darüber, wie es weitergehen sollte. Schließlich konnte sie nicht ewig dortbleiben. Doch einen richtigen Plan für die Zukunft hatten weder Anna noch ihre Freunde. In der Zwischenzeit war der Kutscher schon lange wieder von der Tour zurück. Die Stiefmutter war zufrieden. Nun war sie die Alleinherrscherin auf dem Gut. Doch irgendwie hatte sie ein merkwürdiges Gefühl bei der Aktion. Deshalb beobachtete sie misstrauisch die früheren Freunde des Mädchens. Anfangs schien alles normal. Doch mit der Zeit bemerkte sie, dass immer mal jemand von ihnen verschwunden war und erst mehrere Stunden später wieder auftauchte. Als noch dazu aus dem Kloster keine Nachricht von Anne kam, beschloss sie, der Sache auf den Grund zu gehen. Was passierte da hinter ihrem Rücken? Um das herauszufinden, verkleidete sie sich und folgte den Kindern. So gelangte sie eines Tages bis zur Hütte. Wieder zurück auf dem Hof, wütete sie den ganzen Tag. An allem hatte sie etwas auszusetzen. Bis ihr eine Idee kam. In Verkleidung wollte sie zur Hütte gehen, um festzustellen, ob das Mädchen sie erkennen würde. Bereits wenige Tage später setzte sie ihren Plan in die Tat um. Als fahrende Händlerin getarnt schlich sie sich an. Angeblich hatte sie sich verlaufen und wollte nach dem Weg fragen. Arglos öffnete Anna ihr die Tür. Sie erkannte ihre Stiefmutter wirklich nicht. Nachdem sie über den Weg Auskunft gegeben hatte, bot ihr die Händlerin als Dankeschön einen schicken Gürtel an. Da Anna in Modefragen sehr unerfahren war, bot sich die Händlerin an, ihr zu helfen. Dass sie den Gürtel so eng schnallte, dass Anna keine Luft mehr bekam, hatte sie eingeplant. Allerdings hielt sie Annas Ohnmacht für deren Tod. Als am Nachmittag ihre Freunde kamen, fanden sie Anna bewusstlos in der Stube liegend. Erschrocken suchten sie die Ursache. Schon bald entdeckten sie den Gürtel. Nachdem sie diesen aufgeschnitten hatten, kam Anna schnell wieder zu sich. Natürlich erzählte sie, woher sie den Gürtel hatte, und wie es zu der Ohnmacht gekommen war. Die Kinder ahnten schnell, dass die Stiefmutter hinter dieser Aktion steckte. Deshalb warnten sie Anna eindringlich, keine Händlerin mehr hereinzulassen oder Geschenke von Unbekannten anzunehmen. Das versprach das Mädchen auch hoch und heilig.

Die Stiefmutter ahnte nichts von Annas Rettung. Sie freute sich über die gelungene Tat und war sehr zufrieden mit sich selbst. Den Knechten und Mägden gegenüber trat sie jetzt noch hochnäsiger auf als zuvor. Eine Weile hielt dieses Hochgefühl auch an. Doch bald bemerkte sie, dass die Gesindekinder weiterhin in den Wald verschwanden. Sie argwöhnte, dass es wohl doch nicht ganz so geklappt hatte, wie es geplant war. Also schlicht sie erneut zur Hütte. Vor Wut darüber, dass das Mädchen noch lebte, lief sie dunkelrot an. Ja, sie platzte fast vor Wut. Doch als Händlerin konnte sie nicht wieder zur Hütte. Das wäre zu auffällig. Beim Abendbrot sah sie eine Schüssel mit Äpfeln auf dem Tisch stehen. Da kam ihr eine neue, gemeine Idee. Mit Kräutern und Giften kannte sie sich ja gut aus. Sie bereitete also einen Sud aus verschiedenen giftigen Kräutern zu, um mindestens einen Apfel damit zu versehen. Doch sie ahnte, dass es dieses Mal nicht so leicht werden würde. Mit einem ganzen Apfel würde es nicht klappen. Wenn sie sich aber den Apfel mit Anna teilen würde, könnte es funktionieren. Sie machte sich an die Arbeit. Nach mehreren Versuchen war der Giftapfel perfekt. Eine Hälfte mit Gift, eine ohne. Sie schirrte ein Eselchen an, packte mehrere Körbe mit Äpfeln darauf und machte sich startklar. Natürlich erneut in Verkleidung. Wie erwartet, war Anna misstrauisch und ließ sie nicht herein. Deshalb bot sie ihr bei der Verabschiedung einen Apfel zum Kosten an. Doch Anna griff erst zu, als sie den Apfel teilte, und eine Hälfte selbst verzehrte. Das Gift wirkte sofort, als Anna den ersten Bissen im Mund hatte. Als die Stiefmutter sah, dass das Mädchen dieses Mal tatsächlich tot war, machte sie sich schnellstens aus dem Staub. Wieder fanden die Freunde das Mädchen wie tot am Boden liegend. Doch sie konnten die Ursache nicht finden. Dieses Mal hatte die Stiefmutter das Mädchen tatsächlich getötet. Darüber waren alle sehr traurig. Damit sich die Freunde von ihr verabschieden können, bauten sie einen offenen Sarg, den sie auf den Hügel vor der Hütte trugen. Und damit kein Tier an den Sarg kann, blieb immer einer von ihnen als Wache dort. Da Anna nicht nur auf ihrem eigenen Hof sehr beliebt war, kamen auch viele von den umliegenden Höfen, um sich von ihr zu verabschieden. Darunter war auch der Sohn des Gutshofes hinter den Hügeln. Sein Name war Hans. Er hatte Anna zwar nur wenige Male gesehen, sich dabei aber unsterblich in sie verliebt. Er wusste von ihrem schweren Schicksal und der Verbannung ins Kloster. Danach aber nichts mehr von ihr gehört. Von ihrem Tod erfuhr er durch einen Zufall. Er hörte, wie sich mehrere junge Leute auf dem Hof darüber unterhielten zu ihrer Beerdigung zu gehen. Er wurde ganz blass. Fragte dann aber, ob er sie begleiten dürfe. So wanderte er gemeinsam mit ihnen zum Hügel neben der Hütte. Trotz der Tatsache, dass der Sarg bereits mehrere Tage offen dort oben gestanden hatte, sah Anna noch immer aus, als würde sie nur schlafen. Hans stand mit den anderen neben dem Sarg und weinte. Doch dann kam ihm ein Gedanke. Nicht hier draußen im Wald sollte sie begraben werden, sondern auf dem Friedhof neben seines Vaters Hof. Dort könnte jeder hinkommen und er immer frische Blumen auf ihr Grab legen. Diesen Vorschlag machte er auch denen, die in diesem Moment an ihrem Sarg standen. Und weil alle dieser Meinung waren, sollte es auch sofort in die Tat umgesetzt werden. Doch sie hatten ja keinen Wagen für den Transport des Sarges dabei. Deshalb fassten alle mit an und trugen den Sarg auf ihren Schultern den Hügel hinunter. Der Weg war voller Wurzeln und Ranken. So passierte, was passieren musste. Sie stolperten und der Sarg fiel zu Boden. Er rutschte noch ein Stück über die knorrigen Wurzeln, bevor er stehen blieb. Alle waren furchtbar erschrocken. Durch diese Holperei aber, war das Apfelstück, welches in Annas Hals steckte hervor gekommen und lag nun in ihrem Schoß. Sie tat einen tiefen Atemzug und setzte sich auf. Mit großen Augen blickte sie sich um. Was war das für eine Kiste, in der sie saß? Weshalb standen ihre Freunde und viele Leute, die sie gar nicht richtig kannte, erschrocken auf dem Abhang? Plötzlich liefen alle jubelnd auf sie zu. Ehe sie sich versah, redeten alle gleichzeitig auf sie ein. Sie verstand kaum ein Wort. Nur das Wort APFEL tauchte immer wieder auf. Hans, der inzwischen ebenfalls herbei geeilt war, bat um Ruhe. Nun berichtete er aus seiner Sicht, was bisher passiert war. Als er geendet hatte, fragte er: „Willst du mit auf meinen Hof kommen? Dort bist du auf alle Fälle sicher vor deiner Stiefmutter" Anna fehlten die Worte. Doch sie nickte mehrmals heftig mit dem Kopf. Die Umstehenden jubelten.

Mehrere Jahre vergingen. Anna wurde eine hübsche Frau und verlobte sich mit Hans. Zu ihrer Hochzeit luden sie auch ihren Vater und die Stiefmutter ein. Diese erkannte sie natürlich nach so langer Zeit nicht wieder. Außerdem hielt sie Anna ja für tot. Bei der Hochzeitsfeier war auch eine Geschichtenerzählerin anwesend. Diese erzählte Annas Geschichte in Form eines Märchens, wobei sie Anna SCHNEEWITTCHEN nannte und ihre Freunde DIE SIEBEN ZWERGE. Die Stiefmutter wurde daraufhin verhaftet. Der Vater fiel dem totgeglaubten Mädchen vor Freude weinend um den Hals. Und die Hochzeitsgäste verbreiteten das Märchen danach im ganzen Land.

Sina Blackwood

Apfel mit Schwan

Nein! Nicht was Sie vermuten! Verbannen Sie rasch die Gedanken an einen Braten, der mit leckeren Äpfeln gefüllt wurde, aus Ihren Vorstellungen.

Es ist schon eine halbe Ewigkeit her, als ich das letzte Mal in einer Glashütte zu Besuch war. Damals waren meine Kinder noch klein – der Sohn elf und die Tochter sechs Jahre alt. Wie immer, befand ich mich auf der Jagd nach besonderen Briefbeschwerern.

Der Große ging in den Verkaufsräumen seiner eigenen Wege, um ganz in Ruhe mundgeblasene Tiere, Blüten und wunderschön gravierte Weingläser zu bestaunen, während mein Blick nach Buntem in Kugelrundem suchte.

„Papa hat gesagt, wir werden bestimmt einen Tieflader brauchen, wenn wir nach Hause fahren", verriet mir die Kleine flüsternd, hinter verschwörerisch vorgehaltener Hand.

Ich grinste vergnügt. Ganz abwegig war der Gedanke nicht. Fand ich doch stets einen Grund, warum dieser oder jener Briefbeschwerer auch noch mit musste. Es war sogar schon der Spruch gekommen: „Wir sollten die Traglast der Fußbodenbalken überrechnen."

Äh, ja ... das Fach des Schrankes, in welchem ich meine Beutestücke hortete, musste tatsächlich schon einmal verstärkt werden, weil sich die Bretter bogen. Glas hat halt sein Gewicht ...

Meine neuen Objekte der Begierde waren schon bezahlt und ich wartete draußen auf das Erscheinen meines Sohnes. Der kam wie ein Blitz herausgeschossen und berichtete aufgeregt, er habe soeben einen ganz besonderen Briefbeschwerer erspäht, da wo ich nicht gewesen war. „Das ist eine Kugel aus klarem Glas mit Sprudelblasen drinnen und oben drauf hockt ein Schwan!"

Im Bruchteil eines Wimpernschlags war ich am besagten Ausstellungstisch und suchte nach der Kugel mit Schwan.

Was ich schließlich fand, war mitnichten das Beschriebene. Der Schwan auf der Kugel entpuppte sich als Laubblatt am Stiel eines wundervollen gläsernen Apfels, welcher nun das Cover dieses Büchleins ziert.

(Denn dass der mit nach Hause musste, und ich aus dem Stegreif hunderttausend Gründe dafür gefunden hätte, brauche ich sicher nicht weiter erklären.)

Vitae

Albrecht, Matthias:

Matthias Albrecht wurde 1961 in Leipzig geboren. Ab 1978 als Bühnentechniker an den Städtischen Theatern Leipzigs beschäftigt, wechselte er 1983 zum Untersuchungshaftvollzug und wurde 1992 in das Beamtenverhältnis übernommen. In seiner Freizeit widmete er sich unter anderem der Ölmalerei und stand dem Studentenfilmstudio einer Leipziger Universität eine Zeit lang als Kameramann und Schnitt-Techniker zur Verfügung. Erst die politische Wende ermöglichte es ihm, der Leidenschaft, seinen Gedanken in prosaischer und belletristischer Form Ausdruck zu verleihen, nachgehen zu können, ohne das Damoklesschwert der Zensur fürchten zu müssen. Matthias Albrecht ist Mitglied im Freien Deutschen Autorenverband (FDA) – Schutzverband deutscher Schriftsteller e.V. – (Landesverband Sachsen).

Blackwood, Sina:

1962 in Sebnitz geboren, verbrachte sie ihre frühe Kindheit inmitten der Natur. Das hat sie geprägt, spiegelt sich auch in ihren Werken wider. Durch den Umzug ihrer Familie nach Dresden entdeckte sie ihre Liebe zu Museen und Kunstsammlungen. Nach der EOS (heute Gymnasium) und der Lehre zur Wirtschaftskauffrau im Einzelhandel verschlug es sie für einige Jahre an die Ostsee. Inspiriert durch die Schönheit der Landschaft begann sie mit dem Schreiben – und hörte nicht mehr auf. Bis Juli 2021 veröffentlichte sie über 60 Bücher sowie zahlreiche Kurzgeschichten in Anthologien und Online-Magazinen. Sie präsentiert ihre Bücher auf Messen und zieht seit 2015 mit ihrer „Kettenhemd"-Lese-Show durch die Lande. Ihre zusätzlichen Berufsausbildungen zur Kaufmännischen Sachbearbeiterin EDV und zur Fachfrau für Absatz und Marketing eröffnen ihr immer wieder neue Möglichkeiten. Seit dem Jahr 1996 lebt sie in Chemnitz. Sie ist Mitglied im Freien Deutschen Autorenverband.

Crostewitz, Hannelore:

Sie ist 1955 in Lutherstadt Wittenberg geboren, verheiratet, hat zwei Kinder und vier Enkel.
Sie ist ausgebildete Schauwerbegestalterin, Freie Autorin und Lektorin, Dozentin und Werkstattleiterin. Breit gefächert, schreibt sie Lyrik, Kinderbücher, Kurzgeschichten und Romane. Organisiert ist sie im DIALOG e.V., dem FDA Sachsen, dem Schillerverein e.V., in der Textwache und in der Gesellschaft für zeitgenössische Lyrik. Zu den Büchern, die sie geschrieben hat, gehören unter anderem: „Die Regenbogenpaula", „Das gewisse Etwas" und „Wenn Dir keiner hilft" (Droste). Sie lebt und arbeitet in Markranstädt bei Leipzig.

Darsen, Reina:

Jahrgang 1935, geboren und gelebt bis 1947 in Tiegenhof bei Danzig. Grundschulen, erlernter Beruf Fräser. ABF mit Abitur. Studium Ing. für Werkstofftechnik und Materialprüfung, Berufsausübung im Bergbau und in Kraftwerken in der Region um Lutherstadt Wittenberg Dessau und Gräfenhainichen. Alleinstehend, ein Sohn. 1990 in Vorruhestand, mit 60 Jahren in Rente. Seit dem 10 Jahre Organisation der Jugendweihe im Altkreis Gräfenhainichen. 2000 zu schreiben begonnen. Seit 2005 Mitglied des FDA und in verschiedenen Schreibgruppen. Genre: Hauptsächlich Prosa, gelegentlich Lyrik, Essays und Satire. Veröffentlichungen in diversen Anthologien.

Fritzsche, Iris:

Geboren ist sie in der sächsischen Oberlausitz, in der schönen Stadt Löbau. Seit 1961 wohnt sie in Hoyerswerda. Begonnen hat sie mit dem Schreiben bereits während der Schulzeit. Damals waren es Gedichte und private Reiseberichte für die Familie. 2006 traf sie die, leider viel zu früh verstorbene, Autorin W. Skoddow. In dem, von ihr geleiteten, Schreibzirkel erwarb sie das notwendige Rüstzeug für ihre eigene schriftstellerische Tätigkeit. 2008 erschien ihr erstes eigenes Buch, dem bis heute sieben weitere folgten. Seit 2011 ist sie Mitglied im FDA-Sachsen (Freier Deutscher Autorenverband). Jetzt ist sie Rentnerin und hat Zeit für weitere Projekte. So hat sie zum Beispiel 2011 mit der Arbeit im Kinderbuchbereich begonnen. In diesem Genre schreibt sie unter dem Pseudonym Ira Silberhaar.

Habermann, Michael:

Er ist ein kleiner, gewitzter Erzgebirger, welcher vorwiegend hobbymäßig schreibt. Er liebt es, seine Mitbürger immer etwas „auf das Korn" zu nehmen, wie sich in seinen Geschichten auch unschwer erkennen lässt. Als angehender Rentner ist er bemüht, diese Begabung weiter auszubauen und sich mehr und mehr mit dieser Materie zu beschäftigen. Er wurde am 1. Juni 1960 als echter Frohnauer im damaligen C-Krankenhaus in Annaberg geboren, absolvierte eine kaufmännische Ausbildung und ist seiner Heimat sehr verbunden.

Hartmann, Günter:

1952 in Dessau – Großkühnau geboren, lebt in Magdeburg. Gas-Wasser Installateur, Redakteur, Journalist, Medien-Berater, Lektor. Absolvent des Instituts für Literatur „Johannes R. Becher" Leipzig. Redaktionelle Mitarbeit an der Behinderten- und Rehabilitations-Sportzeitschrift des Landes Sachsen-Anhalt. Vorstandsmitglied Presseclub Magdeburg. Künstlerische Anleitung von mental und mehrfach beeinträchtigten Schreibenden. Erste literarische Versuche als Lehrling auf Zementtüten auf dem Bau, „verziert" mit gehässigen Kommentaren von Arbeitskollegen. Seitdem Veröffentlichungen von Aphorismen, Lyrik, Essays, Kurzprosa in Literaturzeitschriften, Periodika, Anthologien wie „Kein Blatt vorm Mund", „Kein Duft von wilder Minze", „Die beleidigte Zeit". Eigenen Herausgaben „Die Nase der Sphinx", „Der Himmel ist hoch ..." (B. Reimann Dokumentation 2013), „Spaßvögel bauen Nester in Fallgruben".
In Vorbereitung Aphorismen-Band „Wo das Wort endet ..."

GÜNTER HARTMANN
Autor, Journalist,
Lektor, Redakteur
Mobil: 0178 5 999 512
www.literaturfenster-aktuell.de

Krämer, Ralf P.:

Ralf P. Krämer wurde am 14.3.1949 in Gera/Thüringen geboren. Er erwarb 1967 neben dem Abitur den Facharbeiterbrief als Maschinenbauer und studierte anschließend an der TU Dresden Physik (mit Diplom). In dieser Zeit gründete er 1969 den ersten Dresdner Science-Fiction-Klub als Interessengemeinschaft im Deutschen Kulturbund. Mit der Zustimmung des polnischen SF-Autors Stanislaw Lem hieß dieser Klub ab 1970 Stanislaw-Lem-Klub. 1973 wurde der Klub politisch zerschlagen und Ralf P. Krämer wechselte als wissenschaftlicher Mitarbeiter an die Sächsische Landesbibliothek, zuletzt in der Funktion als stellv. Bibliotheksdirektor. In dieser Zeit entstand 1986 auch sein erstes Gedicht, gewidmet der sowjetischen Kosmonautin Svetlana Savickaja, die als erste Frau in den freien Weltraum ausstieg. Nach der Wende, wo ihm aus politischen Gründen gekündigt worden war, blieb ihm nur der Weg in die Selbstständigkeit. Parallel übernahm er ehrenamtlich die Geschäftsführung des Urania Stadtverbandes Dresden e.V., unter dessen Dach sich ab 1994 der Science-Fiction-Klub TERRAsse ansiedelte, den Ralf P. Krämer bis heute leitet (seit 2015 in der Palitzsch-Gesellschaft e.V.). Unter dem Motto „Ernstes und Heiteres von gestern bis übermorgen" fanden schon einige Lesungen seiner Gedichte statt.

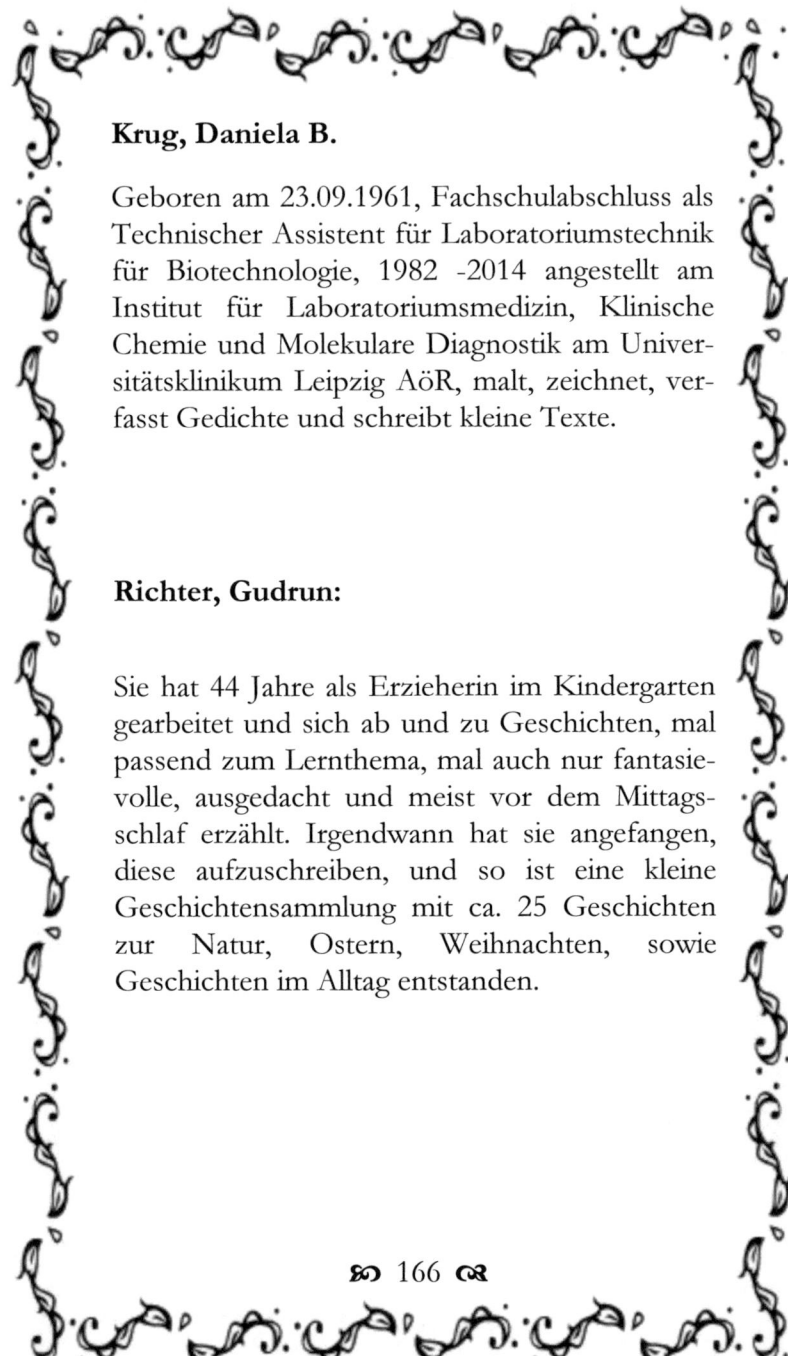

Krug, Daniela B.

Geboren am 23.09.1961, Fachschulabschluss als Technischer Assistent für Laboratoriumstechnik für Biotechnologie, 1982 -2014 angestellt am Institut für Laboratoriumsmedizin, Klinische Chemie und Molekulare Diagnostik am Universitätsklinikum Leipzig AöR, malt, zeichnet, verfasst Gedichte und schreibt kleine Texte.

Richter, Gudrun:

Sie hat 44 Jahre als Erzieherin im Kindergarten gearbeitet und sich ab und zu Geschichten, mal passend zum Lernthema, mal auch nur fantasievolle, ausgedacht und meist vor dem Mittagsschlaf erzählt. Irgendwann hat sie angefangen, diese aufzuschreiben, und so ist eine kleine Geschichtensammlung mit ca. 25 Geschichten zur Natur, Ostern, Weihnachten, sowie Geschichten im Alltag entstanden.

Wagner, Elke:

Sie ist Jahrgang 1943, lebt in Chemnitz und ist ihrer Stadt treu geblieben. Ihr Sternzeichen ist Waage. Sie ist acht Jahre zur Schule gegangen und hat danach in der Metallbranche und der Verwaltung gearbeitet. Nach der Wende war sie bis zum Renteneintritt als Justizangestellte tätig. Sie ist verwitwet, hat zwei Kinder, zwei Enkel und zwei Urenkel. Sie liebt ihre Heimat, lacht gern und trifft sich mit Freunden. Seit 2016 schreibt sie kleine Gedichte und Geschichten, die von Herzen kommen.

Wetzel, Enno-Jörg:

Geboren ist er 1959 in Karl-Marx-Stadt. Seit dem Maschinenbau-Studium arbeitet er als Konstrukteur. Er schreibt Lyrik, sowie Kurzprosa und veröffentlicht Kolumnen in einer Zeitschrift. Wohnhaft ist er in Hartmannsdorf.

Dr. Zech, Peter:

Geboren am 17.01.1959, studierte erst ein Jahr Japanologie an der Humboldtuniversität in Berlin, dann Arabistik und Geschichte an der Universität Leipzig. 1990 Promotion, wissenschaftlicher Mitarbeiter an der Universität Leipzig, dann beschäftigt in verschiedenen Projekten, Reisen u. a. nach Ägypten und Tunesien, Spezialgebiet Agrargeschichte und Volkskunde, Geschichte vorderer Orient, autobiographische Texte, Publikationen zur Familiengeschichte. Er ist Mitglied im Freien Deutschen Autorenverband.

Zirm, Arno:

Der typische Dichter ist er nicht. Er hat nicht seit Kindertagen den Zwang zum Texten in sich. Hat auch noch ein elektronisches Hobby, wobei der Übergang zum Beruf fließend ist. So kann er es sich erlauben, nur gelegentlich niederzuschreiben (oder auch mal nicht), was ihm so einfällt. Mit dem Schreibstil zu experimentieren, macht ihm dabei viel Spaß. Da ist er in wesentlich besserer Lage, als Autoren, die sich mit Recht so nennen dürfen und es doch heutigentags in Deutschland nicht eben leicht haben.

Weitere Anthologien
der Geschichtenzauber-Edition: